엄마, 아 우리 엄마

민족의식을 일깨운 소설〈분지〉의 작가

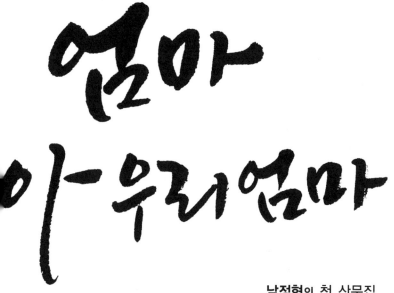

# 엄마
# 아 우리엄마

**남정현**의 첫 산문집

그는 이미 반세기 전에 남·북과 북·미 사이에
필연적인 평화협정이 맺어질 것을 예언처럼 설파했다.

도서
출판 **답게**

　몇 개월 전이던가, 나와 좀 알고 지내던 어느 출판사의
책임자가 갑자기 나보고 예쁜 수필집이나 한 권 내자던 것
이다. 그동안 창작집은 몇 권 나왔으니까 거기다 수필집 한
권을 보태면 그게 바로 금상첨화가 아니겠느냐는 것.
　나는 그 자리에서 나도 모르게 웃어버리고 말았다. 아무
리 생각해도 지금까지 나는 어느 지면에건 수필이라는 글
을 써 본 기억이 없기 때문이다.

　그런데 그런 일이 있고나서 한두 달쯤 지나서였던가, 이
번에는 《답게》출판사의 대표가 아주 적극적으로 나오는
것이었다. 요즘 지난날의 한 문학잡지에서 내가 쓴 수필 한

편을 읽고는 그야말로 깜짝 놀랄 정도로 큰 감명을 받았다는 것이다.

　생각해 보니 지금부터 약 이십여 년 전에 작가회의에서 주관하던 ≪작가≫라는 이름의 한 문학계간지가 있었는데, 아마 거기에 실린 내가 쓴 글을 봤던 모양이다.
　그때 편집자가 나보고, 이십 세기를 보내고 이제 이십일 세기를 맞으면서 그동안 이십 세기에서 맛 본 갖가지 달고 쓴 얘기를 좀 써 달라던 것이다. 그래서 쓴 것이 봄·여름·가을·겨울호 합해서 네 편이었는데, 그 중 한 편을 ≪답게≫ 대표가 본 듯하다.

　그까짓 짧은 글 네 편을 가지고 어떻게 책을 만드느냐고 걱정했더니 ≪답게≫ 대표 왈, 단 한 사람이라도 읽어서 나와 같은 감명을 받는 사람이 있다면 그것으로 자기는 족하다는 것이다. 역시 ≪답게≫의 대표다운 대답이었다. 그래서 아마 나는 출판사 ≪답게≫에 호감이 갔던 모양이다.

생각하면 세상의 모든 학문과 예술의 최종적인 지향점은, **나라는 나라답게 사람은 사람답게** 살아갈 수 있는 그 아름다운 길을 제시해 주는데 뜻이 있는 게 아닐까.

≪답게≫여, 출판사답게 번성하라.


무술년 봄날에

남정현

차 례

엄마, 아 우리 엄마

# 엄마, 아 우리 엄마

잘해야 일 년에 그저 너더댓 번, 어쩌다 그렇게 띄엄띄엄 보게되는 자식의 모습이라서 그랬을까 자식인 나를 바라보는 모친의 시선은 언제나 경이로움 그것이었다. 흡사 천하에 둘도 없는 그런 무슨 진귀한 보물이라도 응시하듯 모친의 시선은 항시 강한 흡인력으로 나를 아주 자신의 안구 속에 뿌듯이 다 빨아들이려는 것 같았다. 그러면 나는 뭔가 잔잔한 감동의 여진처럼 나의 온몸이 감미롭게 조금씩 흔들리고 있음을 감지하는 것이다. 아, 엄마, 우리 엄마. 일이 그쯤 되면 나는 거의 자동적으로 모친 곁으로 바싹 다가가서는 내가 솔선하여 모친의 동공 속에 푹 잠기려는 기세로 모친의 동자를 유심히 바라보는 것이었다. 그러다가 나는 공연히 놀라듯 몸을 흠칫하는 것이다. 저게 뭔가? 사람이었다. 아, 사람 그것도 틀림없는 나의 영상이 아닌가. 모친은 어느새 나를 흡수하여 자신의 눈동자 속에 나를 꼭꼭 숨겨놓고는 환한 미소를 짓는 것이었다. 아름다운 정경이었다. 그런데 갑자기 이거 왜 이러는 거야? 나는 순간 당황하는 것이다. 모친의 눈동자 속에서 마냥 행복해하던 나의 영상이 돌연 속절없이 흔들리는 탓이었다. 어지러웠다. 눈물? 아, 눈물이구나. 어느새 나의 영상은 만조처럼 가득 고인 엄마의 눈물 속에 속절없이 침몰하여 허우적거리다간 급기야 천길 벼랑 끝으로 추락할 위기에 처한 것이었다. 다급했다.

"아니, 엄마 왜 그래?"

"뭘?"

"아니, 엄마 지금 울고 있잖아?"

"원 녀석두, 내가 울긴 너만 보면 너무 신기해서 그런다, 너무 기쁘고 너무 고마워서 그런다."

그런 말을 하시는 모친은 번번이 거의 흐느끼는 듯한 어조였다.

"뭐가 그리 신기하구 기쁘시우?"

나는 오랜 세월 하도 많이 들어서 모친이 하실 다음 말의 내용을 뻔히 다 알고 있으면서도 모친을 실망시키지 않으려는 배려에선가, 나는 일부러 모친의 다음 말이 궁금해서 사뭇 못 견디겠다는 표정을 짓노라면 모친은 약간 흥분마저 감도는 말씨로

"네가 어디 살 사람이 산 줄 아냐. 그야말로 기적이지."

그리고는 언제나 그 말이 그 말인 것을 가지고 항시 빅뉴스를 터트리듯 하시는 것이었다. 즉, 모친의 증언에 의하면 나는 왜 그런지 갓난아이 때부터 목숨과 관련된 대소 사건들이 줄을 이었다는 것이다. 그중에서도 특히 죽음과 결부된 결정적인 사고만 해도 무려 너더댓 번에 이른다는 것이다. 그중 한 건은 내가 두 살 때라던가. 다나카란 일인 선생이 우리집에 놀러 왔다가 나를 보곤 웬 아기가 이리도 이쁘냐면서 흡사 공깃돌 다루듯 나를 허공 위에 번쩍 던졌다간

한 번은 잘 받아 내는가 싶더니 그 자가 순간 정신이 나갔던가 두 번째는 그냥 꽝 하고 날땅에 날 맥없이 놓치고 말더라는 것, 그때 내 몸이 거의 박살이 나다시피 한 것은 불문가지라. 그 후 입속마저 퉁퉁 부어가지고 거의 반년 이상이나 젖 한 모금 빨지 못했는데도 그게 무슨 놈의 조화 속인지 내가 죽진 않더라는 것, 그리고 두 번째는 내가 네 살 때라던가 누나가 날 요람을 태워준답시고 날 요 위에 눕히고 친구와 함께 요를 힘차게 좌우로 흔들어대다간 아뿔사 나를 그만 아주 멀찍하게 저 바람벽에다 휙 내던지고 말았다는 것, 앗 피, '피바다'란 말은 실은 그때부터 생겼다던가. 코와 입을 통해 분출하는 핏줄기가 순식간에 온 방 안에 차고 넘치더라는 것, 그 후 식음을 전폐하고 사십여 도의 고열 속에서 수개월이나 헤맸는데도 그래도 무슨 이유에서인지 내가 죽진 않더라는 것, 그리고 세 번째는 내가 초등학교 삼학년 때라던가, 왜놈들이 말하는 소위 그 대동아 전쟁에 필요하다면서 학교에서 따오라는 그놈의 광솔인가 뭔가를 따러 산에 들어갔다가, 그때 마침 누가 칡뿌리를 캐는 광경을 내가 목격하게 되었다는 것, 그리하여 나는 솟구치는 호기심만큼이나 목을 길게 빼고 바싹 곁에 가서 쭈그리고 앉아 그 칡뿌리 캐는 광경을 구경하게 되었는데, 아 그만 그 칡뿌리만을 보고 내리치던 누군가의 곡괭이에 내 뒤통수를 무참히 찍히고 말았다는 것. 모친의 말씀에 의하면 그때 나는 분명히 죽었다는 것이었다. 사람이 의식이 없어졌는데 그까짓 어쩌다 숨소리가 조금씩 들린다고 해서, 그걸 어떻게 산사람 취급을 했겠느냐는 것, 그렇게 절망적인 상황 속에서 하루가 지나고, 이틀, 사흘, 나흘이 지나도 아무런 희망적인 징후가 없자 그 닷새째 되는 날부턴 별수 없이 장례준비를 진행 중이었는데 그런데 이 또한 무슨 놈의 조화 속인지 그날 저녁 내가 아무런 예고도 없이 부시시 눈을 뜨더라는 것, 죽은 지 만 사흘 만에 눈을 뜨신 그리스도에 비하면 내가 분명 한 수 아래지만 그래도 닷새나 지난 후였긴 하지만 내가 용케 눈을 뜨긴 떴으니 이 또한 소위 그 기적의 반열에 들 수 있지 않겠느냐는 것, 그리고 네 번째의 위기는 내가 중학교 몇 학년 때라던가, 그동안 죽을 고비가 너무 많이 중첩된 탓인지 어느 날 갑자기 폐결핵, 신결핵, 장결핵, 임파결핵 등, 수많은 결핵군結核群이 일시에 나를 덮쳤다는 것, 그리하여 병균이 살은 다 발라먹고 정말 뼈만 남은 가사 상태에서 만 삼 년인가를 움직이지 못하고 누워만 지냈는데도 이 또한 어찌 된 영문인지 내가 죽진 않더라는 것, 그리고 나서 모친은 항시 맨 마지막엔 그런즉 너야말로 기적이 만들어 낸 별난 녀석이란 말로 결론을 내리시곤 내 손목을 두 손으로 꼭 잡으신 채 몸을 바르르 떠시는 것이었다. 잔잔한 감격의 아름다운 파문 같았다. 모친은 정말 이 세상에선 별로 기대하기 어려운 소위 그 기적이란 이름의 별난 실체를 지금 자신이 직접 손으로 만져볼 수 있다는 사실 앞에 그저 감지덕지하시는 것 같았다. 그래 그랬던가. 모친은 살아생전에 단 한 번도 자식인 나에 대해 장차 이런저런 사람이 되어달라는 투의 그런 무슨 간절한 기대감 같은 것을 표시한 적이 없으셨다. 모친에게 있어선 꼭 죽은 줄만 알았던 자식인 내가 이렇게 늘 시퍼렇게 살아 있다는 그 사실 자체만이 중요할 뿐, 그 이외 잡다한 세상

사는 그보다는 다 하위개념이라 그 이상의 일은 전혀 개념치 않으신 모양이었다. 아직도 용케 살아있는 자식인 나를 보는 것만으로도 언제나 숨이 찰 정도로 흡족하신 터라, 사실 모친께서 그 이상 뭘 더 나한테 바라실 것이 있었겠는가. 탓으로 사십 킬로에도 미달하는 체중, 겨우 난쟁이 수준에 다다른 것 같은 신장 등, 그런 왜소한 나의 체구에 혹시라도 내가 섭섭해할까 봐 그러셨는지 모친은 어쩌다 내가 거울 앞에 서서 내 모습을 비춰보기라도 할라치면 얼른 내 곁으로 다가와서는 너는 한참 자랄 나이에 죽음의 문턱에서 피투성이가 되어 염라대왕과 싸우느라 아무런 경황이 없었은즉, 네가 요만큼이나마 자란 것도 실은 다 하늘이 내린 은총이라 그저 고맙게만 생각하라면서 환한 미소를 지으시는 것이었다. 이렇게 나라는 존재 그 자체를 하늘의 은총으로, 기적으로 받아들이시는지라 모친은 항시 기적을 좇는 신비한 시선으로 나를 바라보는 것이었다. 어제 만났다가 오늘 또 만나도 그렇고 아침에 만났다가 저녁에 다시 만나도 그렇다. 모친은 언제나 지금 막 사선을 헤치고 천신

만고 구사일생으로 살아나온 한 신비한 생명체와 마주한 것처럼 나한테다 시선을 집중하고 늘 감격에 겨워 눈물을 글썽이는 것이었다.

어느 날이던가.

그날도 그랬다.

그러니까 모친께서 거뜬히 미수米壽를 넘기시고 이제 곧 구십 수를 바라보게 된 어느 해 겨울이었다. 불효스럽게도 거의 반년여 만에 모친을 찾아뵙게 된 나는 죄스러움을 삭이지 못하여 큰절을 드리면서 한참 동안 엎드린 채 고개를 들지 못하자, 모친은 고새를 참지 못하시고 무슨 놈의 절을 그리도 오래 하냐면서,

"이 녀석아 어서 얼굴 좀 보자."

하고 왈칵 내 얼굴을 들어올렸다. 그리고 나서 모친의 시선은 내 몸에서 떠나질 않았다. 나의 움직임을 따라 모친의 시선은 거의 자동적으로 움직이고 있었다. 집안에서 나는 모친의 시선에 완전히 포박당한 상태였다. 잠자리에 들었는 데도 여전했다. 모친은 누워있는 내 곁에 바싹 다가앉아

서는 뭔가에 탐닉하듯 하는 시선으로 나를 뚫어지게 바라보았다. 어쩌면 이 세상에선 모친의 시선을 피할 수 있는 길은 없을 것 같다는 그런 생각을 하다가 나는 아마 잠이 든 모양이었다. 그런데 몇 시나 됐을까, 문득 눈을 떠보니, 모친은 여전히 앉은 자세로 내 손목을 꼭 잡은 채 내가 흡사 세상을 움직이는 무슨 핵심적인 보물이라도 되는 양 무아지경이 된 눈빛으로 날 한량없이 내려다보고 계셨다. 도대체 지금이 몇 신가? 세 시? 뭐 세 시라고? 나는 깜짝 놀라는 동작으로 벌떡 일어나 앉았다. 세상에 원 세 시라니, 그렇다면 모친은 초저녁부터 새벽 세 시까지 날 지켜보며 앉아 계셨단 말인가. 순간 나는 무서운 생각이 들었다. 이건 무슨 사랑이니, 자비니, 본능이니 하는 유의 말로는 도저히 이해할 수 없는 뭔가 내게 대한 신神의 준열한 협박 같다는 느낌이었다. 당시 나는 거의 애원 조의 말로 어서 주무셔야 한다고 간청했지만 모친은 막무가내셨다. 그까짓 잠이 문제냐는 것이다. 너만 보면 자질 않아도 기운이 펄펄 난다는 것이다. 너를 지금까지 지켜주신 하나님을, 부처님을, 신령님을 생각하면 너무나 고마워서 잠이 천리만리로 달아난다는 것이었다. 그러더니 그때 모친은 갑자기 눈물을 글썽이며 불쑥 하시는 말씀이 아까 네 손목을 잡아봤더니 아흔 살이 다된 이 에미 손목보다 야위었으니 어찌된 일이냐며, 네게 부탁이, 아니 소망이 하나 있다던 것이다. 소망? 그때 나는 긴장했다. 소망이라. 그럼 모친께선 내가 살아있다는 사실 말고 그 이외 또 내게 대한 무슨 바람이 있으셨단 말인가? 의외였다. 그렇다면 내게 대한 그 소망이 뭘까? 그러나 그 소망의 내용을 생각해볼 겨를도 없이 모친은 두 손으로 내 손목을 꼭 잡으시더니 너무나 간절하여 약간 떨리듯 하는 목소리로

"애야, 너 더도 말고 덜도 말고 이 에미만큼만 살아다오. 응."

그러면서 내 손잔등 위에 딱 한 방울 눈물을 흘리시던 것이 아닌가. 아, 눈물, 수십 년 동안 가슴속 깊은 곳에 꼭꼭 묻어두었던 자식에 대한 단 한 가지 절절한 소망이 단 한 방울 눈물로 응집되어 아름다운 구슬처럼 지금 내 손잔등 위에서 구른다고 생각하니 나는 왜 그렇게 그 한 방울의 눈

물이 뜨겁게 감지되던지 하마터면 괴성을 지를 뻔했다. 순간 나는 손잔등을 통하여 금시로 온몸에 가득 감도는 그 뜨거운 모친의 눈물에 아니 그 소망에 어떻게 응답하면 좋을지 몰라서 좀 망설이다가 나는 갑자기 하늘의 무슨 계시라도 받았던가. 그만 모친의 목을 와락 끌어안고는

"엄마, 내가 왜 엄마만큼만 살겠어. 엄마보다 아마 배는 더 살걸. 틀림없이 배는 더 살 거야."

하고, 어찌나 큰소릴 쳤던지, 천지가 다 흔들흔들하는 바람에, 이 한반도를 첩첩이 억누르고 있던 새벽 세 시의 그 시커먼 어둠이 흡사 세상을 어지럽히는 온갖 잡귀들을 다 쓸어안고 어디론가 줄행랑을 치는 느낌이었다. 사실 당시 나는 내가 지른 음의 강도를 어찌나 크게 느꼈던지 그 강도를 데시벨 단위로 측정했더라면 아마 인간의 가청권可聽圈을 넘어 신만이 들을 수 있는 그 신역神域에까지 가 닿았을 것이라는 생각마저 들 정도였다. 하지만 그러한 생각도 잠시뿐, 나는 도무지 비정상적일 수밖에 없었던 나의 그 절규 비슷한 소릴 듣고

"정말이냐?"

그리고는 희열에 넘치시는 모친의 그 현란한 표정을 접하고 나는 놀라움을 금할 수 없었다. 가슴이 두근거렸다. 자식인 내가 엄마보다 더 오래 살겠다는 그 한마디 말이 원 그렇게도 순식간에 한 인간을 다함 없는 기쁨 속으로 휘몰아넣을 수가 있단 말인가. 세상 사람들의 갖가지 기쁨을 혼자서 다 떠맡으신 것 같이 모친의 온몸에선 찰찰 넘치는 영롱한 기쁨들이 바글바글 부딪치면서 그것은 섬광이 되어 불꽃이 되어 밖으로 활활 번져 나오고 있었다. 온 세상이 밝아지는 느낌이었다. 눈이 부셨다. 나는 흡사 새 천지창조를 목격하는 경이로운 심정으로 모친의 기쁨 앞에서 가슴을 설레고 있었다. 그때 나는 세상을 다 구원한다는 사랑의 참모습이, 자비의 참모습이, 지금 자식을 위해 자신의 모든 것을 다 내던지면서도 기쁨에 넘치시는 내 모친의 표정보다, 더 빛나는 표정이었을까? 더 아름다운 표정이었을까? 그런 생각을 하다 나는 그만 목이 메고 말았다. 아, 엄마, 우리 엄마. 그러면서 나는 왜 그런지 엄마를 끌어안고 한없이 몸부림치고 싶은 심정이었다. 아무리 노력해도 나는 모친의 그 간절한 뜻을 시중들 수 없다는 생각 때문이었다. 죄스러웠다. 아, 어쩌나. 불효스럽게도 나는 모친이 하늘처럼 떠받드는 나의 목숨에 대해서 별다른 가치를 부여하고 있지 않았으니 말이다. 모친의 소망대로 오래 살기를 염원하기는 고사하고, 솔직하게 말해서 나는 사실 내가 아직 살아있다는 그 사실 자체에 대해서도 그때나 지금이나 늘 자모自侮하고, 자멸自蔑하는 마음 가득할 뿐이었으니 말이다. 왜냐하면 세상사의 잘잘못을 어느 정도 분별할 줄 아는 나이가 되어가지고도 사람이 워낙 용렬하여 내가 이날 이때까지 사람 노릇 한번 제대로 해보지 못한 데 대한 죄책감 때문이었다. 8·15 이후 해방이란 이름의 그 화려한 구호와는 달리 나라가 정치, 경제, 군사적으로 철저하게 외세에 예속되어가는 가운데, 민족의 존엄과 그 자주권이 처참하게 허물어져가는 모습을 두 눈을 뜨고 빤히 쳐다보면서도 그리고 조국분단의 이 처절한 비극을 이용하여 대대손손 일신의 영화만을 꾀하려는 정상배들의 그 더러운 술수에

몸서리를 치면서도 각각 그 가슴 아픈 현장에서 남들처럼
몸을 내던지기는 고사하고 목이 터져라 하고 속 시원하게
큰소리 한번 쳐보지 못한 것이, 흉흉한 허물이 되어 지금도
그 허물이 내 몸을 칭칭 감고 있는 느낌이라, 나는 이따금
나도 모르게 몸이 부르르 떨리는 것이다. 사실 그동안
4·19, 5·16, 5·18 등등 역사의 격렬한 격랑과 충돌하면서
자기 자신의 이익보다 나라와 민족의 이익을 더 앞세웠다
는 이 죄 아닌 죄로 수사기관에서 혹독한 고문에 시달리다
가 끝내는 육체적으로, 정신적으로 장애자가 되어 지금도
비극적인 생애를 보내고 있는 그 수수도 없이 많은 인사들
은 다 논외로 하더라도, 파쇼의 총칼이 숲을 이룬 그 삼엄
한 역사의 고비고비마다에서 조금도 몸을 사리지 않고 모
다들 역사의 주인 된 떳떳한 목소리로

　독재정권 물러나라.

　살인정권 타도하자.

　사 일구 박살낸 유신정권 박살내자.

　미제 몰아내고 민족자주 쟁취하자.

광주는 살아있다. 살인마 처단하라.

노동자는 개, 돼지냐, 악덕재벌 엄벌하라.

그 이외 헤아릴 수도 없이 많은 현실적인 절박한 구호들을 피를 토하듯 온몸으로 뿜어내며, 분신, 투신, 할복 등의 형태로 장렬하게 산화한 열사들의 수만 해도 거의 이백여 명, 그리고 수사과정에서의 고문에 의한 그 후유증으로 병사, 의문사, 행불자가 된 열사들의 수, 또한 거의 사백여 명에 이른다고 하니, 그동안 내가 살아온 세상이, 이게 도대체 사람의 지혜로 달나라까지 다녀온 문명권에서, 정말 사람이 만들어놓은 사람의 세상이냐 하는 생각이 들어 나는 늘 참담한 심경에 사로잡히곤 하는 것이다. 그리하여 나는 요즘도 전혀 이치에 닿지 않는 일이 세상을 소란스럽게 할 때마다 나라와 민족의 미래를 위해 그야말로 모다들 꽃다운 나이에 목숨을 초개와 같이 던지며 절규하던 열사들의 그 피맺힌 소원이 아직까지 단 하나도 흡족하게 이루어진 것이 없어 보이는 어이없는 현실에 접하고 순간 나는 말문이 막히면서 그저 정신이 멍멍해질 뿐이다. 그런 경우 나의 그 멍한 시야엔 번번이 활활 타는 불기둥들이, 제 목숨에 불을 붙인 그 수많은 열사들이, 그 거대한 불기둥들이 흡사 통곡하는 몸짓으로 구천에서 몸을 휘저으며 떠돌다간 느닷없이 모다들 파란 피부가 되어 급전직하로 나를 향해 낙하하는 바람에 나는 그만 아이쿠, 신음소릴 내며 깜짝 놀라곤 한다.

아, 파란 피부라.

나는 요즘도 어쩌다 무슨 악몽같이 지난날의 중앙정보부, 그 공포의 지하실이 문득 생각나면 그때 거기서 본 파란 피부가 너무나 선명하게 눈앞에 떠올라서 나는 길을 걷다가도 공연히 혼자서

"여러분 그 파란 피부를 보셨나요? 그 파란 피부의 사나이를 보셨나요?"

하고 여러 번 헛소리처럼 중얼거리곤 하는 것이다.

그러니까 1974년.

세칭 민청학련 사건으로 세상이 제정신을 잃고 발칵 뒤집혀 있을 때였다. 학생들을 중심으로 온 백성들의 격렬한

저항에 부딪힌 유신체제의 두목 박정희의 발악이 극에 달한 탓이었다. 그 일제의 특등특무답게 일제시 독립군을 토벌하던 바로 그 솜씨 그대로 쿠데타로 정권을 탈취한 연후엔 여러 가지 구실을 붙여 민족민주세력을 소탕하기 위해 혈안이 되고 있었다. 그에 대한 백성들의 분노가 그의 목 가까이까지 차오르자, 그는 제정신을 잃고 긴급조치를 남발하면서 그야말로 움직이는 자는 다 쏴라, 하는 식으로, 자신에게 불리한 자들은 마구잡이로 다 잡아들이고 있었다. 국민을 향한 일종의 선전 포고였다. 나에게도 미운털이 박혔던가. 그 와중에 나도 체포되어 갑자기 중정의 지하실에 처박히는 신세가 되고 말았다. 1965년의 세칭 분지 사건 이후 두 번째의 정보부 지하실행이요, 교도소행이었다. 그런데 여기서 나는 나 개인사적인 입장에서 몇 마디 첨가할 말이 있다. 그즈음 나는 한 작가로서 비교적 심신이 안정되어 가던 시기라는 점이다. 내가 또다시 글을 쓰면 그땐 내 손목을 똑 잘라버리겠다는 등의 별의별 험한 소릴 다 듣던 분지사건의 그 혹심한 여독에서 가까스로 벗어나와,

나는 참으로 오래간만에《문학 사상》에다「허허선생」이란 소설도 한 편 발표하고 그것을 계기로 해서 나는 마음을 가다듬어 계속 허허선생류의 소설을 매달 한 편씩 써볼 생각이었으니 말이다. 외세문제를 테마로 다루되, 가능하면 내 손목이 똑 잘려나가지 않게끔「분지」와는 달리 좀 더 완곡婉曲한 형식을 택하여, 박정희 같은 자를 염두에 두고 일제 식민지체제가 아직도 그대로 유지되고 있는 것 같은 우리 현실을 풍자해보고 싶었던 것이다. 그리고 또 하나 당시 나는 생각지도 않게 한 생활인으로서 꽤 괜찮은 직장도 하나 생긴 터였다. 나와 오랜 세월 친분을 나누며 지낸 김성환金星煥 화백의 소개로, 약 이백여 명의 사원을 거느리고 당시엔 우리 색판色版인쇄계에서 선도적인 역할을 하던 한국문화 인쇄주식회사의 편집주간이란 중책을 맡아 열심히 일을 하고 있었으니 말이다. 그리하여 생활도 어느 정도 자리가 잡히고 작품도 계속 써볼 요량으로 가슴이 부풀어 있던 참인데, 아, 그만 유신정권은 저자가 저렇게 나가선 안되겠다고 판정을 했던가, 나는 유난히도 싸늘하던 초봄, 어느 날의 퇴근길에 두 사람의 기관원에 의해서 강제로 연행되어 '남산'의 지하실에 처박히고 말았다. 나에게 있어선 일종의 교통사고와 같은 돌발사건이었다. 작품도 직장도 그날로 끝이었다. 뭣 때문에 내가 잡혀가는지 전혀 짐작도 할 수 없었던 나는, 잡혀가는 그 검은 지프차 안에서 계속 내 손목만을 내려다보고 있었다. 그렇게도 쓰지 말라는 글을 썼더니, 이들이 정말 내 손목을 자르려나 보다, 하는 무서운 생각 때문이었다. 그들이 날조해낸 사회적인 그 어마어마한 사건과 나를 연결시키리라고는 꿈에도 생각하질 않았으니 말이다. 하지만 나는 지금 그때 민청학련사건을 조작했던 유신정권의 그 흉악한 음모와 그 와중에서 내가 겪었던 일들을 이 좁은 지면에 다 담을 수는 없다. 나는 다만 그저 당시 '남산'의 그 으스스한 지하실에서 내가 목격한 그 파란 피부의 사나이, 아니 도저히 인간의 살갗이라곤 말할 수 없는 한 인간의 그 파란 피부에서 받은 그 강한 충격의 여파가 그 후 이십오륙 년이나 지난 오늘날까지도 내 의식의 사이사이에 끼여가지고는 이따금 나를 깜짝깜짝 놀라게 한다는 사실을 말하고 싶을 뿐이다.

그렇다 생각하면 그것은 전율戰慄 바로 그것이었다.

그러니까 '남산'의 지하실에서 딱딱한 나무의자에 앉아 벽면만을 바라보며 낮이나 밤이나 그저 무한정 앉아있을 때였다. 누굴까? 그때 엉금엉금 기듯 하는 자세로 내 옆자리에 가까스로 다가오는 한 사나이를 조심스럽게 흘깃 훔쳐보는 순간, 하마터면 나는 기겁을 할 뻔했다. 나는 몸이 벌벌 떨렸다. 저분이 사람일까. 사람의 피부가 저렇듯 파랄 수가 있을까. 그러나 다시 한번 옆자리를 살펴보기가 쉬운 일이 아니었다. 피나는 노력이 필요했다. 꼿꼿이 앉아서 벽면만을 바라봐야 할 내 자세가 조금이라도 흐트러지면 뒤에서 여지없이 발길질이 들어오기 때문이었다. 하지만 죽을 각오를 하고 나는 또 흘깃 옆자리를 훔쳐봤다. 원저럴 수가, 뭔가 파란 잉크통 속에 사람을 몇 날 며칠 푹 담가 놓았다가 방금 꺼내놓은 것 같다는 생각이 들었다. 나는 숨이 막히는 것 같았다. 온몸이 파란 사나이가 옆에 앉아 있다는 그 사실 자체가 나에 대한 견딜 수 없는 고문이요,

공포요, 분노였다. 사람을 저 지경으로 만들어놓은 사람과 나도 동일하게 사람이란 이름으로 이 세상에 태어났다는 사실이 왜 그렇게 수치스럽고 억울하게 생각되는지 당시 나는 자꾸 숨이 거칠어지고 있었다. 저분은 누굴까? 이름은? 그러나 끝내 나는 그것을 확인할 길이 없었다. 나는 다만 울렁거리는 가슴을 진정시키기 위해 가슴에 손을 대고, 박정희, 박정희, 유신, 유신, 하고 꼭 무슨 염불을 외우듯 박정희를 외우기 시작했다. 뭔가 딴생각을 하다 박정희란 그 이름 석 자를 잊어버리게 되면 왠지 큰일 날 것 같아서였다. 그때 나는 내가 혹시 그 생지옥 같은 지하실을 끝내 빠져나가지 못하고 그 자리에서 숨을 거두는 일이 생긴다면 나는 작가의 한 사람으로서, 저승에 가서라도 꼭 염라대왕을 찾아가 나라와 민족 앞에 저지른 박정희의 그 만만치 않은 죄상을 내가 본 만큼 내가 본 그대로 낱낱이 고발해야겠다는 생각 때문이었다.

생각할수록 참으로 엄혹한 세월이었다.

하지만 엄혹한 세월이 어찌 그때뿐이었으랴. 8·15 이후 줄곧 나라와 민족의 운명이 위기에 몰릴 때마다 그 고비고 비마다에서, 목숨을 던진 그 수많은 열사들. 선혈이 낭자했던 그 수많은 역사의 뜨거운 현장을 민족의 한 성원으로서 나도 밟고 지났으면서도 내가 그 얼마나 못나고 비굴하고 세속의 추한 욕망에 연연했으면 아직까지도 이렇게 팔다리가 성하랴 싶어 나는 도무지 내 육신에 대해서 별로 애착이 가질 않는다. 아니 애착은 고사하고 나는 어쩌다 이 허약한 육신을 돌아볼 때마다, 뭔가 한 인간으로서, 그리고 백의민족의 한 성원으로서, 뭣 하나 책임을 다하지 못한 데 대해 누가 내 육신 곳곳에 흉악한 죄명의 무슨 자문刺文 같은 것을 가득히 새겨놓은 느낌이라, 순간 나는 흠칫 놀라면서 어디 아무데다나 이 육신을 시원스럽게 내버리고 싶은 충동에 이따금 사로잡히곤 하는 것이다. 엄마, 용서해 주세요. 엄마, 아 우리 엄마.

# 거대한 암반 밑에서

# 거대한 암반 밑에서

연년세세 하늘 한자리를 의연하게 차지하고 있는 어느 붙박이별처럼, 아니 누가 심술궂게 꽉 박아 놓은 무슨 말뚝처럼 나의 의식意識은 오늘도 그저 그렇게 같은 자리에서 요지부동이었다. 사회의 구조와 그 기능 그리고 사물에 대한 이치를 조금씩 터득하기 시작할 무렵, 그러니까 내 청소년기의 어느 시점時點이던가, 어느 날 문득 '아, 이것이 문제로다!' 하고 잔뜩 긴장했던 나의 의식은 그 자리에 털썩 주저앉은 채, 섭섭하게도 오늘날까지 그 자리에서 전혀 움직일 줄을 모르는 것이다. 불행한 일이다. 존재는 의식을 변하게 한다던가. 그렇다면 나의 의식은 더욱 불행한 존재가 아닐 수 없다. 왜냐하면 그 후 세월은 덧없이 흘러 어느새 내 나이 이미 같잖게도 고희古稀의 그 지근지지까지 접근하게 되었은즉, 그동안 내 육신은 물론 세상만사가 다 숨가쁘게 변했는데도 유독 나의 의식만은 아직도 지난날의 그 모양 그 꼴로 제자리에서 병신처럼 발을 동동 구르고 있으니 말이다. 안타까운 일이었다. 내가 발을 동동 구르고 있는 자리는 말할 것도 없이 낮이나 밤이나 꼭 무슨 애물단지와 같이 나와 긴밀히 연결되어 있는 사회란 이름의 복잡다단한 삶의 터전이었다. 그렇다. 사회, 생각하면 이 얼마나 자랑스런 인간의 창조물이란 말인가. 당시 나는 뭣이 계기가 되어 그런 착상을 하게 됐는지 모르지만, 아무튼 사회에 대하여 지극히 소박하고 단순명료한 견해를 갖고 있었다. 즉, 인간이 사회라는 집단을 형성하게 된 것은 자연이란 것이 인간에게 가하는 그 지옥 같은 환경에서 해방되어 그 자리에다 천국같이 휘황한 현실을 만들어놓으려는 데 뜻이 있었다는 것, 신이 창조했다고 야단들인 자연 그 자체는 사실 인간이 생존하기엔 참으로 부적절한 곳이라는 것, 약육강

식의 그 무지막지한 논리만이 무차별적으로 횡행하는 소위 그 자연의 잔혹한 생리는 인간에게 있어선 언제 어디서나 불안이요 공포요, 그렇다면 곧 그것이 지옥이 아니겠느냐는 것, 수많은 세월 인간은 그 지옥의 고통에서 전율에서 벗어나와 인간을 위한 낙원을 만들자만들자 하고 발버둥치며 노력한 성과물이 바로 이 사회라는 것이 아니겠느냐는 것, 이처럼 자연의 위협에 대응하여 사회라는 조직체를 탄생시킴으로써, 인간은 비로소 자연을 아름답게 볼 수 있는 마음의 여유도 생겼으며 따라서 자연과 사회를 자신들의 이익에 맞게 조종할 수 있는 힘도 생겼다는 것, 그런데 그렇다. 바로 이 그런데 하고 이어지는 그다음 생각이 문제였다. 그런데 인간이 애초에 뜻한 대로 인간을 위한 낙원이 되어야 할 사회가 어찌 된 영문인지 그 기능이 변질되어 도리어 자연보다 더 위협적이고 자연보다 더 고통만을 강요하는 그런 지옥과 같은 길에 들어섰다면 그런 사회는 이미 인간의 적이라. 그런 사회는 마땅히 폐기처분해버려야 한다는 것. 이것이 말하자면 사회에 대한 나의 단호한 입장이었다. 폐기처분이라 하하하. 그런데 당시 나는 일단 폐기라는 말에 생각이 미치자 그만 순식간에 정신이 홀딱 뒤집히는 느낌을 경험한 것이다. 너무 기뻐서였다. 암 버려야지. 뿌리의 그 깊은 부분까지 완전히 다 썩어버린 이 추악한 사회를 역사 저 밖으로 시원스럽게 힘껏 던져버리자. 나는 가슴이 뛰었다. 생각지도 않게 사회를 죽이고 말고 하는 권한은 이제 싫든 좋든 간에 돌연 내게로 돌아왔다는 판단 때문이었다. 아, 통쾌한. 삼라만상이 다 내 아랫것들로만 보이는 나날이었다. 흡사 나는 어느 높은 정상에 올라서서 매일 아래를 내려다보는 기분이었다. 불행하게도 제 구실을 하지 못하여 이제 곧 폐기될 운명에 놓여있는 한 가련한 사회가 저 멀리 내 발밑에서 숨을 죽이고 있었다. 아니 발발 떨고 있는 것 같았다. 너 이놈, 발발 떨어도 소용없어. 왜 자작지얼自作之孼이라고 하지 않더냐. 사람을 위해 좋은 일 하라고 천신만고 만들어진 사회가 이제 와서 도깨비들 세상을 만들어놓다니 너 이놈, 그래도 하늘이 무심할 줄 알았던고. 폐기처분이다. 너 이놈 가차없이 폐기처분이야. 정말 신나는 나날이었다. 폐기라는 그 하찮은 낱말 하나가 원 이렇게도 한 인간의 심금을 현란하게 울릴 줄이야. 좌우간 그 후부터 나는 계속 마음이 들뜬 상태라 가만히 한자리에 좌정할 수가 없었다. 혹시 이 흉물스런 사회를 단숨에 어디 내다버릴 그런 어떤 드넓은 폐기물 하치장 같은 곳이라도 찾아보겠다는 속셈이 작용해선가. 나는 한동안 꼭 무엇에 취한 사람처럼 얼굴이 벌겋게 달아올라 가지고는 말 그대로 우왕좌왕, 여기 기웃, 저기 기웃이었다. 하지만 보이는 곳마다 쓰레기더미뿐 미래가 빛나는 드넓은 공간이 보이지 않았다. 답답했다. 경무대니, 중앙청이니, 국회니, 법원이 니 하고 으스대는 것들은 말할 것도 없었거니와 정치, 경 제, 문화, 교육 등 각 분야의 요소요소엔 이미 누대를 두고 매국매족한 그 당사자와 그 후예들이 진을 치고 희희낙락 하고 있었으며 미군은 그들 주변에 튼튼한 철조망을 쳐주 고 있었다. 허, 숭한. 도대체 어디에 해방이 있고 독립이 있 는가. 어디에 자주가 있고 민주가 있는가. 그동안 누대를 두고 나라의 해방과 독립을 위해 그리고 민족의 존엄과 그

자유를 위해 신명을 바쳐 헌신한 자들은 나라의 문전에서 다 축출되고 있었으며, 그에 이의를 제기하는 자들의 손목엔 예외 없이 다 쇠고랑이 채워지고 있었다. 가관이었다. 세상만사가 다 거꾸로 돌아가고 있었다. 악이 선을 매질하고 매국이 애국을 응징하는 시대. 어지러웠다. 이게 정말 우리 세상인가, 다시 일본 세상인가, 아니면 우리 세상과 일본 세상을 새치기하고 들어온 미국 세상인가. 자꾸만 헷갈리는 시절이었다. 이러다간 하늘과 땅이 뒤바뀌는 현상이 일어나지 않을까 저어할 정도였다. 주변에 보이는 것이 뭣 하나 반듯하게 생긴 것이 없어 보였다. 정신도 물질도 하나같이 다 비뚤어지고 뒤틀린 상태였다. 죽을 놈은 살고, 살 놈은 죽고, 가야 할 놈은 오고, 와야 할 놈은 가버리고, 뒤죽박죽이었다. 가치의 혼란, 의식의 혼란, 뭔가 신속하게 손을 써야 할 시간이 시시각각으로 다가오고 있다는 느낌이었다. 초초했다. 어서 버려버리자. 인간의 이름으로, 민족의 이름으로 도저히 용납할 수 없는 이 추악한 사회를 신속하게 어디 내다버릴 방법은 없을까, 없을까하고 내 머릿속엔 밤낮없이 그 생각 하나만이 꽉 차서 머리가 너무나 무거워 다리가 늘 휘청거릴 정도였다. 그런데도 이런 세상을 다 인간세상으로 인정하려는 소위 그 출세와 영달과 치부를 위해 무슨 입학이다, 졸업이다. 취직이다. 학사다, 박사다. 뭐다 하는 등의 잡다한 간판을 몸에 누덕누덕 걸치려고 정신없이 헐떡거리는 자들을 대할 때마다 나는 도무지 한심스러워서 견딜 수 없었다. 일의 선후先後 하나 구별하지 못하는 딱한 자들. 집안은 다 허물어져 가는데 소견머리 없이 꾸역꾸역 살림을 들여놓는 격이랄까, 젊은 혈기에 어이없이 거꾸로 돌아가는 세상이나 바로잡아놓고 볼 일이지. 이판에 출세는 다 뭐고, 영달은 다 뭔가, 오호라, 나는 그런 자들과 이따금 부딪힐 때마다 이 세상에 나와 정작 할 일은 하지 않고 공연한 일에 헛심을 쓰고 있는 자들이란 생각이 들어 그들에 대한 측은지심과 함께 한시바삐 이 세상을 폐기해야겠다는 마음을 더욱 굳히곤 했던 것이다. 특히나 육이오, 사일구, 오일륙, 오일팔 등등 역사의 격렬한 격랑과 연거푸 충돌하면서 정권은 더욱 파쇼화 되고 외세에

더욱 예속당하면서 사회는 더욱더 구제할 수 없는 깊은 수렁으로 빠져드는 형국이었다. 해가 바뀔수록 만백성들에 대한 정권담당자들의 죄과가 너무나 무거워진 탓이었다. 그들은 자신들의 일관된 통치수단이었던 온갖 모략과 궤변 그리고 날조, 협박, 기만 등을 다 동원해도 이젠 이 이상 더 자신들의 반인간적이며 반민족적인 죄과를 감출 수가 없게 되자 이제 노골적으로 백성들의 목에 총칼을 들이대는 천인공노할 수법으로 정권유지에만 혈안이 되어가고 있었다. 침통한 심정이었다. 하늘과 땅 사이에서 춤을 추는 것은 오직 총칼뿐이란 생각이 들었다. 가슴을 찢는 듯한 '5·16'의 총성이 연일 끊이지 않던 어느 날, 나는 뭔가 천부당만부당한 사태가 지금 우리 현실에서 공공연히 일어나고 있다는 사실이, 아 그 믿기 싫은 사실이 큰 가시가 되어 목 안에 깊이 걸렸던가. 나는 그냥 이걸 어쩌지 이걸 어쩌지 하는 심정으로 집을 나와 길을 걷고 있었다. 울분과 좌절과 착잡한 심정이 시야를 가리고 있었다. 아침 햇살이 눈부시게 내리쬐는 화사한 길이었지만 어쩐지 한밤중인 듯 발은 자꾸 헛디뎌지고 눈앞은 침침하기만 했다. 도대체 '4·19'는 어디로 갔는가. 수많은 세월 쌓이고 쌓인 백성들의 원한이, 언제 어디서나 착취와 탄압의 대상이었던 백성들의 그 뼈에 사무친 절통할 원한이 일시에 솟구치던 아 그 휘황한 사일구의 함성은 어디로 갔는가. 역사상 처음으로 민심이 천심 되고 천심이 철추鐵椎되어 민심을 거스르던 온갖 잡귀雜鬼들을 단숨에 때려눕히던 아 그 눈부신 사일구의 불기둥들은 다 어디로 갔는가. 하늘과 땅은 물론 산천초목마저 기쁨에 흐느끼던 환희의 절정. 참사회를 펼치려던 아 그 장엄한 사일구의 행진곡은 어디로 갔는가, 한 시간 아니 두 시간, 나는 경황없이 발걸음을 옮기면서 사방을 두리번거렸지만 끝내 사일구의 그 휘황한 모습은 보이질 않았다, 가슴이 답답해선가. 나는 나도 모르게 하늘을 향하여 야, 야, 소리치며 공연히 주먹을 휘두르고 있었다.

그때였다.

그런데 이게 무슨 소리야. 지진인가? 좌우간 그렇게 요란한 소리였다. 아, 그렇구나. 그때 멈칫 서서 앞을 바라본

즉, 저기 산모퉁이를 돌아 탱크가 다가오고 있었다. 혹시 핵무기라도 탑재했는가. 미제 탱크가 국군을 태우고 그 거대한 포신을 치켜세운 채, 흡사 괴물처럼 굉음을 내며 흉흉한 모습으로 다가오고 있었다. 순간 나는 무슨 맹수를 피하듯 거의 본능적으로 몸을 피했다. 하나, 둘, 셋, 아니, 열, 열하나 흉흉한 탱크의 행렬이 아름다운 북한산을 끼고 미아리 쪽을 향해 포복하듯 둔중하게 움직이고 있었다. 아, 먼지. 멀리 의정부 쪽에서 미아리 쪽으로 기다랗게 이어진 그 널따란 신작로 길은 이미 탱크 밑에서 회오리쳐 나오는 먼지더미로 완전히 뒤덮인 상태였다. 나는 눈을 뜰 수가 없었다. 말 그대로 천지현황天地玄黃이었다. 그런데 나는 그때 온 세상으로 번져나가는 듯한 뿌연 먼지의 그 작은 입자 하나하나가 문득 부서진 사일구의 입자 하나하나로 보이는 것이었다. 아, 사일구여. 자주 민주 통일을 향해 활화산처럼 용솟음쳤던 사일구의 그 희원은, 그 비원은 지금 탱크의 밑바닥에서 먼지가 되어 원혼寃魂이 되어 햇빛처럼 꽃잎처럼 천지간에 자욱이 흩날리고 있다는 느낌이 들어서였다.

내 등허리에선 식은땀이 흐르고 있었다. 순간 나는 왜 그렇게 머리가 무거워지는지 알 수가 없었다. 어디서 공룡 같은 거구巨軀가 나타나 머리에서부터 나를 짓누르는 것 같았다. 나는 그 무게를 감당하지 못하여 길가에 털썩 주저앉으면서 그때 뭔가 입안에 오래 물고 있던 것을 내뱉듯 아, 외세다 하고 외마디 소릴 외쳤다. 나의 머릴, 아니 우리 전 민족사의 면상을 짓누르고 있는 그 엄청난 무게의 실체는 분명히 외세라는 생각이 들었기 때문이었다. 그것은 무슨 논리적인 학습을 통한 귀결이 아니라 한 인간의 현실적인 소중한 체험과 직관을 통한 자연스러운 진실에의 접근이었다. 그렇다 외세다. 먼 옛날 제주도까지 쫓아가서 삼별초의 가슴에 칼을 꽂은 그 원한의 외세가, 무자비하게 동학군의 목을 자른 그 잔악한 외세가. 삼일운동을 박살낸 그 천인공노할 외세가, 나라를 남북으로 갈라놓은 그 저주스런 외세가 지금 거대한 미제탱크로 변하여 또다시 사일구의 가슴에 총탄을 퍼붓는다고 생각하니 나는 몸이 떨렸다. 울분 때문이었다. 전에는 그렇게도 수려하게 보이던 북한산의 그 인수봉이 만장봉이 아니 그 자랑스런 백운대마저가 천만근의 외세의 무게로 내게 다가와서 거대한 암반이 되어 나를 아니 우리 한반도를 그 오천년사를 계속 숨막히게 억누른다는 느낌이었다.

아이쿠.

나는 눈앞이 캄캄했다. 외세란 이름의 육중한 암반 밑에 깔려있는 나의 의식은 늘 절박한 심정이었다. 신음할 새도 없었다. 어디다 헛심을 쓸 새는 더더욱 없었다. 어서 이 암반을 힘껏 들어올리지 않고는 숨을 제대로 쉴 수가 없다는 그 단 한 가지 일념으로 나는 늘 기진맥진이었다. 어서 들어올리자. 그 원수놈의 외세를 그 암반을 어서 들어올리자. 사천만의 힘으로 안되면 칠천만의 힘으로, 그래도 모자라면 수수백년 동안 외세의 총칼에 희생되어 지금까지 구천에서 억울하게 떠도는 그 수도 없이 많은 원혼들의 힘까지 다 합쳐서라도 기어이 이 외세를 그 암반을 힘껏 들어올려야 한다는 생각에 나는 요즘도 전혀 딴생각을 할 새가 없는 것이다. 십 년이 걸려도 안되면 앞으로 백 년이 더 걸리더라도 아니 천 년이 더 걸리더라도 지금도 지배와 예속의 올가미를 조금도 늦추지 않는 이 끈질긴 외세를 이 거대한 암반을 번쩍 들어다가 제자리에 힘껏 내팽개치지 않고는, 제아무리 세월이 흘러도 제아무리 정권이 바뀌어도 시급한 나라의 통일문제는 물론 이 시대를 불행하게 하는 사회적인 온갖 모순을 그 갈등을 그 억지를 그 부조리를 단 하나도 제대로 해결할 수가 없다는 생각 때문이었다. 말하자면 온갖 악덕만이 춤추는 이 사이비 세상을 깨끗이 폐기하고 오랜 세월 인간이 열망한 진짜 아름다운 인간 세상을 절대로 맞이할 수 없다는 생각 때문이었다.

진짜 세상이라.

생각하면 이 '진짜 세상'이란 말은 실은 내가 지어낸 말이 아니라 내 당숙 되는 남주원南柱元씨가 내게 들려준 말이다. 초등학교 취학 전 철부지 시절의 내 뇌리에 가장 선명한 모습으로 입력되어 있는 인물이 바로 내가 아산 아저씨라고 불렀던 남주원 씨 그분이다. 8·15 후 내가 조금씩 철이 들면서부터 입수한 그분에 대한 정보에 의하면 그분은 가선대부 병참이었던 남병선의 손자라는 것, 내 부친의 사촌형님이시라는 것. 경성 사립 중동학교를 졸업했다는 것, 청소년기엔 시인 한용운, 김좌진 장군 등과 가까이 지내며 우국충정의 정을 나누었다는 것, 그분의 머릿속엔 오직 대한독립 그것밖엔 없었다는 것, 탑골공원의 삼일운동에 참가했다가 고향에 내려와 4 · 4 대호지 독립만세 사건의 주모자가 되었다는 것, 모진 고문 끝에 투옥되었다가 석방된 후 결국엔 고문후유증으로 일찍 돌아가셨다는 것, 대개 그런 정도였다. 그분에 대한 이런저런 선입견이 작용해선가, 어린 시절 내가 받은 그분에 대한 인상은 대단한 것이었다. 지금 와서 생각하면 어린 시절 나에 대한 그분의 사랑이 지극했다는 것, 그런데도 왠지 맘 놓고 근접하기엔 어딘가 그의 범상치 않은 풍모에서 외경심 같은 것을 갖게 되어 나는 늘 그분 앞에서 머뭇거릴 수밖에 없었다는 것. 지금도 그런 느낌이 나의 마음을 숙연하게 하는 것이다. 그래 그런가 나는 얼마전 모 신문에서 처음 공개된다는 추사 김정희 선생의 초상화에 접하고 전혀 흐트러짐이 없는 그 단정하고 당당한 의관에서, 그 꼿꼿한 자세에서, 사물을 다 투시하는 것 같은 그 예리한 눈매에서, 그리고 불의와 부정과는 영원히 절연한 듯한 그 서릿발 같은 기품에서 문득 아산 아저씨를 연상해 내곤, 그와 나는 친족간이라는 맥락에선가, 일종의 자부심 같은 것을 느꼈던 것이다. 이처럼 내 의식의 그 깊은 오지奧地에서 아직도 지워지지 않고 생생히 그 모습을 드러내고 있는 아산 아저씨, 그 아산 아저씨를 처음 뵙게 된 것은 내가 도고온천이 있는 그 도고에서 살고 있을 때였다. 돌아보면 내가 네댓 살 되던 해부터 여남은 살에 이르기까지 그 철부지 어린 시절을 보낸 도고온천이야말로 내 생애에서 가장 잊을 수 없는 곳이기도 하다. 물론 아산 아저씨를 처음 뵙게 된 것도 내가 그곳에 살고 있을 때지만, 그보다도 그곳은 내가 인생의 첫출발이랄 수 있는 초등학교에 입학한 곳이기도 하고 또한 일제가 어이없게 세계 대전을 일으킨 것도 내가 그곳 초등학교에 다닐 때의 일이며, 그리고 내가 처음 스케이트를 타본 곳도, 처음 수영을 해본 곳도, 처음 자동차며 기차를 타본 곳도 다 도고온천에서 살 때의 일이기 때문이다. 하여튼 도고산과 도고저수지를 주축으로 한 도고온천 주변의 그 아름다운 산과 들, 그리고 그 좁은 논두렁이며 밭두렁길, 그곳에서 자라나는 온갖 꽃과 풀과 나무열매들, 뿐더러 온양온천으로 통하는 그 널따란 신작로와 그 꿈길같이 번쩍거리던 철길. 이 모든 것들은 하나같이 다 어린 시절의 내 몸과 마음을 들뜨게 한 아기자기한 영양소들이라 나는 요즘도 어쩌다 도고온천이 생각나면 창문을 열어제치고 까치발을 뜬 채 저 멀리 남서쪽을 멍하니 바라보며 그리움에 젖는다. 이처럼 내 아련한 추억의 산실이기도 한 도고온천에 눈발이 날리던 어느 날, 혹시 집안에 무슨 일이 있었던가, 나는 아버지의 손에 이끌려 아산牙山에 계신 아산 아저씨 댁을 찾아간 일이 있었다. 그런데 나는 아저씨를 뵙자마자 우선 기가 죽을 수밖에 없었다. 그 두터운 눈썹에 긴 수염, 그리고 방안이 환하도록 흰 두루마기에 가부좌를 틀고 꼿꼿이 앉아 계신 아저씨의 그 근엄한 모습이 그때 내 어린 마음에도 꼭 신령님 같다는 생각이 들면서 금시로 주눅이 들던 것이다. 게다가 주변에서 늘 선생님 선생님하고 남의 우러름만을 받으시던 아버님마저 아저씨 앞에선 곧은 자세로 네 네하고 깍듯이 예를 갖추는 모습이 나를 더욱 숨죽이게 했는지 모른다. 어쨌든 아버님의 지시대로 경황없이 큰절을 올리고 나자 그제서야 아저씨는,

"네가 정현이냐, 참 많이 컸구나. 금년에 학교에 들어간다구? 참 장하다. 조정 정廷 어질 현賢, 네 이름은 내가 지어줬다. 조정이 어질어야 나라가 잘된다는 뜻이지. 이제 나라는 너희들 손에 달렸다"고 하시면서 몇 번이나 나의 머리를 쓰다듬어주시던 것이다. 그러고 나서 몇 개월이 지나서였던가. 언제나처럼 나는 철길 위에서 내 또래의 이웃 어린이들과 함께 놀고 있는데 뜻밖에도 아저씨가 흰 두루마기를 펄럭이며 정현아 정현아하고 날 부르며 찾아오신 것이었다. 지금 와서 생각하면 위험하기 짝이 없는 일이었지만 그땐 철길 주변의 어린이들에게 있어서 철길이란 참으로 신나는 놀이터였다. 외길 철길 위를 발을 헛디뎌 떨어지지 않고 얼마나 오래 달리느냐 하는 놀이도 재미있었지만 그

보다도 철길 위에 귀를 바짝 갖다 대고 철길의 그 잔잔한 진동소릴 들으며 기차가 어디쯤 오고 있는가를, 그리고 그것이 화차냐 객차냐 하는 것을 알아맞추는 놀이야말로 실로 스릴 만점의 놀이였다. 그때 나는 우리들이 하는 짓을 보고 아저씨께서 불호령을 치실 줄 알았는데, 의외로 아저씨께선 우리의 놀이내용을 들어보시더니,

"거 참, 재미있겠다. 그럼 어디 나도 한번 들어볼까"

하시면서 허리를 굽히시더니 우리들처럼 철길 위에 가만히 귀를 갖다 대시는 것이 아닌가. 나는 우선 혼나지 않은 것만이 가슴이 울렁이도록 기뻤다.

"아저씨 들리죠? 웅웅웅 하고 기차 오는 소리 들리죠?"

그러자 아저씨는 환한 미소를 지으시며,

"그래 들린다. 아주 잘 들린다."

면서 나의 볼을 쓰다듬어 주셨다.

"그럼, 아저씨, 객차가 오는 소린가요, 화차가 오는 소린가요?"

"이놈아 객차소리도 아니고 화차소리도 아니다 웅웅웅

하고 아니, 만세 만세하고 진짜 세상이 오는 소리가 들린다. 너 그런 소리 들어봤니?"

"네?"

나는 무슨 소린지 몰라 어리둥절할 수밖에 없었다. 하지만 아산 아저씨는 그때 빙긋이 웃기만 하실 뿐, 그 이상 말씀을 안하시고 우리 모두에게 과자 한 봉지씩을 안겨주신 일만이 지금껏 희미한 기억으로 남아있다. 그런데 그 후 내가 어느 정도 철이 들어가지고 문학에 대해 깊은 관심을 기울이게 되면서 나는 이따금 뜻있는 고향 어른들로부터 아산 아저씨에 대한 얘기를 듣게 되었는데, 그중에서도 그분의 머릿속엔 오직 '대한 독립' 그것만이 들어있는 사람 같았다는 증언을 듣고 나서, 나는 문득 어린 시절 철길에서의 그분 말씀을 떠올리곤 예의 그 '진짜 세상'이란 바로 '대한 독립'을 뜻했구나 하고 깊은 감회에 잠겼던 기억이 지금도 새롭다. 그러나 불행하게도 그 후 육십여 년이란 세월이 흘렀건만 나는 아직도 현실이란 이름의 레일에 귀를 바짝 갖다 대고 혹시 웅웅웅 하고, 아니 만세 만세 하고 그 진짜 세상이 달려오는 소리가 들리는가 해서 오늘도 이렇게 잔뜩 귀를 곤두세우곤 긴장하고 있다. 그러나 지금은 섭섭하게도 제 뱃속만을 채울 줄 아는 도깨비들의 히히덕거리는 소리만이, 즉 오륙공의 도깨비들은 물론 어디서 오일륙의 도깨비들마저 툭툭 튀어나와 가지고는 신구 도깨비들이 모두들 합세하여 세계화다 영어화다 달러화다 무한경쟁이다 신자유다 신지식이다 그것이 새 패러다임이다 뭐다 하면서 아직은 그래도 눈곱만치나마 남아 있는 나라의 재산을, 그 자존심을 마지막까지 다 팔아먹으려고 아우성치는 소리만이 무슨 비명처럼 들릴 뿐이다. 하지만 이제 머지않아 오천 년 우리 민족사를 일관되게 지켜온 우리 민족혼은 기어이 외세란 이름의 이 거대한 암반을 들어올리고 외세의 부당한 간섭망에서 벗어나 우리 민족이 애초에 염원한 대로 이 땅에다 인간의 낙원을 건설할 아름다운 기자재를 가득 싣고 웅웅웅 신나게 달려오리란 생각에, 나는 오늘도 조바심을 치듯 발을 동동 구르며 그날을 고대하고 있다.

그때나 이때나

# 그때나 이때나

세칭 분지사건이란 것을 기화로 해서 싫든 좋든 간에 일종의 내 간판작품처럼 되어버린 소위 그「분지糞地」란 소설을 발표한 지도 어언 30여 년이란 긴 세월이 흘렀다. 생각하면 1965년《현대 문학》3월호에 게재되었으니 정확하게 말하면 30년하고도 다섯 해나 더 지난 셈이다. 그러니까 어느새 35년 전의 일이란 말인가, 세상에 원 35년이라니. 순간 나는 '일제 36년'이란 세월이 연상되어 아, 그와 맞먹는 시간이구나 하는 생각이 들면서 그 35년이란 세월의 깊이가 어찌나 까마득하게 느껴지는지 졸지에 눈앞이 다 아찔해지는 것 같다. 하지만 인간사 지내놓고 보면 대체로

다 십 년도 잠깐이요, 백 년도 잠깐처럼 여겨진다는데 유독 일제 36년이란 세월만은 이렇게 육십갑자가 몇 번이나 돌고 돈 것처럼 아득하게만 생각되니 그것은 아마 우리 민족에 대한 일제의 죄악사가 그만큼 길고 깊기 때문일 것이다.

오호통재라, 일제 36년.

다른 것은 다 접어두고라도 일제가 온갖 잔악한 방법을 다 동원하여 이천만 우리 단군자손을 난데없이 저희들 천황의 조상이라는 아마데라스오미카미天照大神를 떠받드는 충직한 황국의 신민臣民으로 아니 충직한 황국의 노예로 조작하는 데 필요했던 시간이 바로 일제 36년이요, 또한 반만년의 유구한 역사를 쌓아온 우리 한민족의 말과 글을 이 삼천리 근역에서 완전히 짓뭉개버리는 데 필요했던 시간이 일제 36년이며 동시에 천지개벽 이후 그 어느 지역 어느 날강도들도 감히 자행한 적이 없는 우리들의 성姓과 이름마저 그 호적에서까지 완전히 다 털어내고 저희들의 성과 이름으로 갈아치우는 데 필요했던 시간이 바로 일제 36년이란 것인즉, 생각하면 그 36년이란 세월은 한 나라의 역사와 그 운명을 이리저리 몇 번이고 바꿔놓을 수 있는 그렇게 장구한 세월이 아닐 수 없다. 그런데 내가 지금 '분지사건'을 얘기하는 자리에서 왜 갑자기 세월타령을 늘어놓게 됐느냐 하면 지금 와서 가만히 생각해보니 내가 그때 「분지」를 쓰고 나서 어느새 일제 36년과 맞먹는 그렇게 긴 세월이 흘렀는데도 도대체 어찌 된 판인지 우리의 정치적인 현실은 내가 「분지」를 쓰던 그때나 지금이나 별로 달라진 점이 없이 여전하다는 사실을 도처에 확인하곤 그만 망연자실, 도무지 한심한 느낌을 금할 수가 없기 때문이다.

세상에 조금 알려진 바와 같이 졸작 「분지」는 외세문제에 약간 관심을 기울여본 작품이다. 역사상 외세의 손아귀에서 단 한 번도 명쾌하게 벗어나와 제 발로 떳떳하게 서본 일이 없이 언제나 외세의 이익에 기초하여 그들의 의지에 따라 꼭두각시처럼 욕되게 놀아나기만 한 것 같은 민족적인 이 크나큰 한(恨)은 한 작가로서 글을 쓸 때마다 밤낮없이 나의 의식을 팽팽한 긴장감 속으로 몰아가는 것이었다. 특히 1960년대 초, 미국이란 존재는 나에게 있어서 왠지 혐

오의 대상이었다. 어쩌자고 힘만이 곧 선善이요, 정의라고 맹신하는 일종의 험상궂은 밀림의 왕자처럼만 보이는 탓이었다. 아무리 좋게 보려 해도 어디 한군데 예쁜 구석이 없어보였다. 흡사 그들은 무엄하게도 우리의 민족혼을 시험해보기 위해서던가, 대낮에도 아무데서나 빈번히 저지르는 살인, 강도, 강간 등의 패륜적인 그들의 행패가 그랬고, 또한 친일매국세력에 대한 비호적인 그들의 태도가 그랬다. 그리고 급기야는 세상에 원 이럴 수가 있나 싶게 그들은 이제 아주 터놓고 우리와 우방이 아니란 사실을 입증이라도 해 보이듯 그들은 은밀히 5·16 군부세력을 내세워 통일에 대한 염원을 안고 민족적인 자주권을 회수하려는 4·19 민주 세력을 철저하게 타도하는 길로 접어든 것이었다.

꽤씸한 일이었다.

그들은 정녕 우리 편이 아닌 것 같았다.

역시 그들은 소문대로 자신들의 이익을 위해 동방의 초소를 지켜주는 일종의 효과적인 도구로 우리 한민족을 헐값에 이용하고 있을 뿐이라는 생각을 지울 수가 없었다.

그러니 이걸 어쩐 담.

그즈음 나는 늘 안절부절을 못하는 형편이었다.

그런데도 역사적으로 항시 큰 나라를 섬김으로써 자신들의 영화를 면면히 이어온 지배계층 특유의 그 굴욕적인 누습(陋習)은 8 · 15 이후, 6 · 25, 5 · 16을 거치면서 더욱더 기승을 부리는 것 같았다. 정권담당자들과 그 추종자들은 너나없이 다 일편단심 그저 미국을 성심껏 섬기는 것으로써 이 땅에 태어난 한 인간으로서의 소임을 다한다고 믿는 것 같았다. 그리하여 그들은 이 땅에 존재하는 모든 교육기관은 물론, 활자와 전파 등 전달매체를 다 동원하여 오로지 미국의 정책에 철저히 추종하는 것만 이 시대 우리 민족이 나아갈 길이요, 진리요, 생명이란 투로 밤낮없이 요란하게 나팔을 불어대던 것이다. 굉음이었다. 아, 미국, 그저 미국이 하는 일이면 덮어놓고 다 만세 만만세였다. 어이없게도 만세 만세하고 미국을 추켜세우기 만하면 그동안 민족 앞에 온갖 죄악을 저지른 자들도 순식간에 다 애국자로 둔갑해버리는 기이한 현상이 다른 데도 아닌 바로 이 땅의 방방

곡곡에서 공공연히 이루어지고 있었다.

기가 막혔다.

우리 땅에서 우리나라는 통 보이질 않고 미국만이 선명하게 보이는 그런 일종의 무서운 전염병 같은 착시현상이 온 나라에 창궐하고 있었다. 아, 미국. 흡사 금세기 초유의 신종 공룡恐龍인가 싶은 거구의 그 뻔뻔스런 미국의 표정 앞에서 그때 나는 문득 원자탄을 생각한 것이다. 미국도 원자탄 맛을 한번 봐야 한다는 뜻에서 원자탄을 생각한 것이 아니라 미국은 '히로시마' 나 '나가사키' 뿐만이 아닌 우리 민족 개개인의 정신세계에도 쥐도 새도 모르게 원자탄을 투하한 것이 아닌가 하는 의심이 들어서였다. 그렇지 않고서야 원 그렇게도 빠른 속도로 우리의 정신문화가 허황하게 절단날 수는 없을 것이었다. 반만년이나 키워온 우리 민족적인 고유한 미덕이, 그 미풍이, 그 빛나는 전통이 성조기가 몰고 온 핵의 위력에 휘말리어 순식간에 풍비박산이었다. 아, 그 황폐함. 그저 돈만 생긴다면 그 무엇도 다 죽일 수 있다는 극한적인 개인 이기주의와 황금제일주의에 정복

당한 금수강산은 그 아름다운 경관에 어울리지 않게 패륜과 패덕으로 팽배하게 팽창하여 그만 언제 팡하고 폭발하여버릴지 모를 위험한 단계에 이르렀다는 느낌이 들었다.

큰일이었다.

그런데 그때 나는 아, 그렇다. 분지糞地다 하고 소설 「분지」를 구상하기에 이른 것이다. 오천 년이나 나라를 지켜낸 선열들의 피와 땀이 묻어있지 않은 데가 없는, 생각하면 삼천 리 방방곡곡이 다 우리들의 성지聖地인 이 땅이 설령 외세의 농간에 의해 지금은 속절없이 분지로 변하여간다 하더라도, 나는 아니 우리 민족은, 그 민족혼은 절대로 누가 죽일 수도 없고 그렇다고 절대로 죽지도 않는다는 사실을 만천하 소리 높이 선언宣言하고 싶어서였다. 다시 말하면 그어떤 강대국의 혹독한 지배체제로도 그 어떤 협박이나 공갈로도 그리고 끝내는 수많은 핵무기를 가지고도, 이 땅에 태어나 남의 간섭을 받지 않고 자기 생각대로 떳떳하게 모다들 임금처럼 내로라하며 한번 알차게 살아보지 않고는 도저히 죽을 수가 없다는 우리 민족 전체의 그 강한 의지를 절대로 굴복시키지 못하리란 사연을 구구절절이 적어보고 싶어서였다. 그런데, 내가 너무 서두른 탓인가. 소설「분지」는 정작 써놓고 보니 섭섭하게도 태산명동泰山鳴動에 서일필이란 격으로 작자인 나의 입장에서 보면 애초에 내가 구상했던 내용의 그 절반 수준에도 미치지 못하는 그리하여 퍽 아쉬움만을 남기는 한 편의 변변찮은 단편소설에 지나지 않았다. 200자 원고지로 120여 매 정도던가. 그런데도 생각지도 않게「분지」가 일단 사건화되자 당시 나는 왜 그렇게 그 소설「분지」가 길고 긴 소설로만 느껴지는지 알 수가 없었다. 수사관들의 주먹다짐 속에서 그들과 함께 한 줄 한 줄 읽어내려가는「분지」는 원고지 100여 정도가 아니라 천 매 만 매짜리 소설보다 훨씬 더 길게만 생각되던 것이다. 내가 뭣 때문에 이렇게 길고 긴 소설을 써가지고 이렇듯 기나긴 고통 속을 헤매게 되었는지 계속 꿈속 같기만 했다. 가도가도 끝이 없는 사막의 길이랄까. 정말 소설「분지」는 읽어도 읽어도 계속 제자리걸음이었다. 그 끝이 보이지 않았다. 환장할 노릇이었다. 나는 수년 전 모 지면에 당시의

내 그런 절망스럽던 심경의 일단을 다음과 같이 적은 일이
있다.

　어쩌다 「분지」를 생각하면 나는 지금도 가슴이 두근거린
다. 「분지」와 연결되어 지난날의 중앙정보부가 문득 생각나
는 탓이다. 전혀 사람세상 같지 않던 정보부의 그 취조실에
서 그저 일방적으로 당하기만 하던 그 수많은 시간의 순간
순간들이 흡사 어젯일처럼 선명하게 떠오르는 탓이다. 오줌
을 마시라 하면 오줌을 마시고, 똥을 먹으라 하면 똥을 먹
을 수밖에 없던 그런 절박한 상황이었다. 불과 원고지 100
여 매에 불과한 소설 「분지」라는 것이 그 분지를 이루고 있
는 활자 한 줄 한 줄이 아니 그 단어 하나하나가 흡사 무슨
험산준령처럼 원 그렇게나 가파르고 숨 가쁘게 느껴질 수가
없었다. 그 집채만한 체구의 수사관들과 집요하게 따지고
넘어가야 하는 「분지」의 그 한 줄 한 줄은 그야말로 생사를
건 고난의 행군길 같았다. 멀고 먼 길이었다. 죽을힘을 다
하여 고개를 하나 넘으면 금시로 또 하나의 까마득한 고개

가 절벽처럼 다가와서 절망스럽게 앞을 가로막던 것이다. 도대체 숨이 가빠 견딜 수 없었다. 「분지」 속의 그 단어 하나하나가 다 내 목숨을 끈질기게 노리는 함정이요, 낭떠러지요, 올가미처럼 보였다. 나는 당시 사력을 다하여 그 함정에 빠지지 않고 낭떠러지에 떨어지지 않고, 또 그 올가미에 걸리지 않게 하기 위해 꼴사납게 수없이 발버둥을 쳤지만 그러나 역부족이었다. 나는 이미 함정에 푹 빠지고 올가미에 걸려서 옴짝달싹할 수 없는 처지였다. 답답했다.

당시 나를 그렇게 옴짝도 달싹도 할 수 없게 단단히 꼭꼭 묶어 놓은 그 올가미는 말할 것도 없이 국가보안법 (당시는 반공법)이란 이름의 생각하면 좀 우습지도 않은 법이었다. 일제가 식민지 조선을 무자비하게 통치하기 위해 제정했다는 소위 그 악명 높던 '치안유지법'에 그 뿌리를 두었다는 이 '국가보안법'은 사실 자유민주주의를 추구한다는 민주 사회의 법으로서는 도저히 수긍하기 어려운 일종의 심각한 법에 대한 모독이 아닐 수 없었다. 그리하여 그 '국보법'은

비단 국내에서 뿐이 아니라, 해외의 양식 있는 여러 식자들 간에도 그것은 인간의 기본권에 대한 용납할 수 없는 도전이란 뜻에서 간간이 지탄과 조롱의 대상이 되어오고 있었다. 그런데 전혀 생각지도 않던 상태에서 정작 내가 「분지」로 인해 그 국보법의 표적이 되어가지고 수사기관에 나가 직접 그 '국보법'을 몸으로 체험하다 보니 나는 그만 나도 모르는 사이 그 '국보법'에 대한 인식이 달라지던 것이다. 참 희한한 일이었다. 당시 나는 어쩌자고 나 자신이 '국보법'의 희생자가 되었다는 사실은 까맣게 잊어버리고 순간 국보법의 그 절묘한 전방위적인 위력에 완전히 반해버린 것이었다. 세상에 원 이렇게도 좋은 법이 있었단 말인가. 정말 경탄을 금할 수 없었다. 「분지」하나만 놓고 보아도 그렇다. 수사관들의 말에 의하면 「분지」의 구절구절 중에서 그 어느 구절 하나 국보법에 저촉되지 않은 곳이 없다는 것이었다. 미국에 대한 비판적인 언동은 말할 것도 없었거니와 사회에 대한 사소한 불평불만도 하나 같이 다 처벌의 대상이었다. 이를테면 미운 놈의 말은 백 마디가 다 국보법상의 그 북에 대한 동조요, 고무요, 찬양이 되지 않을 수 없었다. 나는 당시 무슨 게걸 들린 귀신 같은 귀걸이 코걸이 식의 사람 잡는 법이 이 나라에 있다는 말을 풍문으론 여러 번 듣긴 했지만 그러나 이 국보법은 그 정도가 아니라 그야 말로 만능의 보도였다. 집권자의 비위에 거슬리는 자들은 어느 때든 그저 맘만 먹으면 백만이든 이백만이든 일거에 다 잡아들일 수 있는, 이를테면 금세기 문명권에선 상상도 할 수 없는 절세의 빛나는 법이었으니 말이다. 탓으로 나는 그때 만 가지 법이 다 없어지더라도 이 국보법 하나만 남아 있다면 집권자가 사람을 잡아들이는 데는 별다른 불편이 없을 거라는 판단이 들었다. 그런즉 그 어느 집권자가 이 보물단지 같은 국보법을 감히 내버리려 하겠는가. 그중에서도 특히 죄 많은 정권, 그리하여 백성들의 지지기반이 약한 정권일수록 그들은 국보법의 만수무강을 빌면서 그에 깊이깊이 더 의존할 수밖에 없을 것이었다. 정말 죄 많은 정권을 위해선 하늘이 내준 법 같았다. 어쨌든 그 국보법은 이런저런 정권의 안보를 위해서 일시적으론 보물단지 구실을 해줄 수도 있겠지만 그러나 장기적인 나라의 안보를 위해선 섭섭하게도 보물단지가 아닌 도리어 온갖 재앙이 담겨 있었다는 그 판도라의 궤櫃가 될 공산이 크다는 것이 당시 내 나름의 생각이었다. 왜냐하면 국보법이 탄생한 이후 그동안 그 법이 노린 주 대상은 불행하게도 그 대다수가 다 애국자들이었기 때문이다. 말하자면 우리도 이제 독립 국가답게 자주를 하자, 민주주의를 하자, 평화통일을 하자, 하고 힘차게 요구한 자들이 대부분 다 국보법이 노린 과녁이었으니 말이다. 그러니까 외세의 농간에 의해 분단된 나라에서 답답하게 살아가는 백성들로서, 나라의 자주권에도, 민주주의에도, 통일문제에도 아무런 관심이 없이 그저 약육강식의 그 잔인한 시장원리에 따라 두 눈을 부릅뜨고 돈만을 좇는 돈사냥꾼들만이 활개치는 그런 누추한 세상을 만들어놓는다면 도대체 그런 세상의 앞날에 무슨 희망이 있을 것인가. 뿐더러 통일문제에 끼친 '국보법'의 해악은 실로 심각하다. 국보법은 정부가 내세운 평화통일의 이념과는 전혀 인연이 없기 때문이다. 주지하는 바와 같이 국보법은 민족공멸이 뻔한 동족상쟁을 전제로 한 멸공통일을 염두에 두고 있는 탓이다. 북을 철저히 범죄집단으로 규정하고 북과 관련 있는 자와 손만 한번 잡아도 엄한 처벌을 받아야 하는 상황 하에서 북과 화해하고 협력하여 평화통일의 활로를 열어나간다는 것은 사실상 그 누구의 눈에도 불가능하다. 그리하여 지금 우리 사회에서 가장 큰 거짓과 모순은 뒤에서는 국보법을 휘두르며 앞에서는 평화통일을 주장하는 행위다. 국보법을 끝까지 고수하려면 이젠 아주 터놓고 솔직하게 북진통일을 주장해야만 이치에 맞는다. 뭐든 이치에 맞지 않는 일이 계속되면 사회모순이 격화되어 백성들의 가슴속에 울분이 쌓인다. 생각하면 나라가 분단된 이후 그 얼마나 많은 젊은이들이 순수한 애국의 열정으로 끊어진 민족의 혈맥을 잇기 위해 통일운동에 헌신했다가 그만 뜻하지 않게도 국보법과 충돌한 후 그 후유증으로 병사, 의문사, 행불자가 된 자 그 얼마이며 동시에 순교자적인 정신으로 스스로가 분신, 투신, 할복 등의 형태로 통일의 제단에 서슴없이 젊음을 마친 열사들의 수, 그 또한 얼마인가 이처럼 장장 반세기 이상이나 꽉꽉 닫혀있는 통일의 문 앞에서 피를 흘리는 열사들의 수가 쌓여갈수록 우리 사회에서 이제 통일문제는 단순히 그저 분단된 국토가 원상으로 통합된다는 것 이상의 뭔가 인간구원을 전제로 한 종교적인 형태로 승화되어가는 느낌이다. 말하자면 통일에 대한 단순한 희망이 점차 열망으로 비원으로 치솟아 오르다가 마침내는 일종의 '낙원'을 염두에 둔 메시아니즘으로까지 통일운동은 그 가닥을 잡아가는 것 같다는 얘기다. 왜냐하면 통일이 되면 적어도 썩을 대로 썩은 이런 세상은 분명히 청산되고 지금과는 다른, 뭔가 새 세상이 아 그 빛나는 새 세상이 이루어진다는 그런 짙은 기대와 염원이 우리 백성들의 가슴 속에 가득 담겨 있기 때문이다. 그렇다고 무슨 천국 같은 세상이 오리라고 믿는 것은 아니겠지만 그러나 적어도 요즘처럼 이렇게 인간의 심성이 썩어버린, 그리하여 그 썩은 정도의 순위에 따라서 높고 낮은 사회적인 인간의 지위가 정해지는 듯한, 이런 도깨비 같은 세상이 통일 후에도 그대로 유지되리란 생각에서 통일을 위해 피를 흘리는 자는 없을 테니 말이다. 그러니까 모다들 천국 같은 현실은 바라지 않더라도 그래도 최소한 공자가 말했다는 소위 그 희희호호熙熙皥皥한 세상 정도는 속으로 기대하며 통일을 열망하는 것이 우리 백성들의 솔직한 심정일 것이다. 요순시대를 지칭하여 공자가 말했다는 그 희희호호한 세상이란 글자 그대로 만 가지 일이 다 이치에 맞아 악이 숨어있을 자리가 없이 세상이 다 빛나고 희다는 뜻인즉, 아마 요즘 논풍論風으로 말하면 권력과 돈에 짓밟히어 만 가지 일이 다 만신창이가 되어버린 이런 지저분한 세상이 아니라 나라의 혜택이 고루고루 다 돌아가서 사랑과 믿음과 정이 넘치는 그런 빛나는 세상을 꿈꾸며 우리 민중들은 어제도 오늘도 통일의 깃발을 높이 치켜올리는 것이다.

그런데 내가 지금 분지사건을 얘기하다가 통일이니 뭣이니 하며 얘기가 좀 빗나가는 것 같지만 사실은 그렇지가 않다. 왜냐하면 나는 애초에 분지사건의 무슨 전말기顚末記 같은 것을 쓰려던 것이 아니라 나는 다만 분지가 사건화되던 1960년대의 그때나 지금이나 우리 현실에 별다른 변화가 없어보여서 안타깝다는 얘기를 몇 마디 적어 보려던 터였기 때문이다. 여기서 내가 별다른 변화가 없다는 얘기는 소설 「분지」의 테마가 되어 준 외세문제와 그 「분지」를 끝내 유죄로 몰고 간 당시의 '국보법' 이 우리 현실에서 큰 힘을 발휘하고 있기는 그때나 이때나 다 마찬가지라는 뜻이다. 아니 마찬가지이기는 고사하고 정치·경제·외교·군사 등 사회 각 부분에 대한 외세의 간섭은 도리어 그때보다 더 강화된 느낌이며, 국보법의 위력 역시 그때보다 조금도 약화된 흔적이 없다. 그런저런 우리 현실을 감안할 때, 나는 왜 그런지 분지사건은 과거에 깨끗이 정리된 사건이 아니라, 아직도 우리 현실에서는 미해결의 장으로 남아 지금도 끈질기게 날 괴롭히며 진행 중인 사건 같다는 것이 솔직한 내 심경이다. 생각하면 분지사건 이후 정권도 여러 차례 바뀌고 그에 따라 대통령의 얼굴도 무려 대여섯 번이나 바뀌었는데도 나라의 운명과 그 체통에 가장 밀접하게 접속되어 있는 그 외세문제엔 아직 누구 한 사람 손도 안 대본 느낌이니 그야말로 한 정권으로서의 직무상 이보다 더 큰 변고는 찾아보기 어려울 것이다. 사실 그동안 역대 대통령마다 자신들의 치부와 영화를 위해선 그 막강한 권한을 여한 없이 다 발휘하여 그 얼마나 눈부신 공적들을 높이높이 쌓아 올렸는가. 어떤 분은 4·19를 박살 낸 공로로 바로 집무실 옆에 거대한 아방궁을 지어 평생을 주지육림 속에서 취해 있었는가 하면 또 어떤 분들은 광주를 피바다에 잠기게 한 대가로 수억만금의 황금을 모아 지금도 '自身감' 있게 천하를 활보하고 있으며, 또 어떤 분은 사해를 다 돌아다니며 얼마나 흥청망청 돈을 뿌려댔던지 나라의 금고가 다 바닥나는 줄도 모르고 나처럼 돈 많이 써본 자 있으면 어디 좀 '학실히' 나와 봐라하고 지금도 희희낙락하고 있으니 원 이래가지고야 백 년이 가도 천 년이 가도 나라의 기틀이 제대로 다져질 리가 없다. 어쨌든 그동안 정권 담당자들이 자신들의 영달을 위해 혼신의 노력을 기울인 그 노력의 백분의 일 정도라도 독립국가로서의 필수조건인 각 부분에 걸친 자주권 문제를 해마다 조금씩이나마 해결하기 위해 힘을 기울였더라면 작금과 같이 우리의 경제마저 신탁경제로 전락하진 않았을 것이며, 또한 미국에 대해 우리가 무슨 폭탄을 하나 만들어야겠으니 허가하여 달라고 애걸하는 추태도 보이지 않았을 것이고, 동시에 세계의 면전에서 통일 후에도 미군만은 계속 이 나라에 눌러앉아 있어야 한다고 애원하는 창피도 면할 수 있었을 것이다. 도대체 정부수립 후 장장 반백 년이 지났는데도 아직까지 미군이 떠나면 그날로 나라가 망한다는 인식이 광범위하게 깔려있을 정도로 나라를 이렇게 사상누각처럼 얼빠진 나라로 만들어놓은 책임은 전적으로 정치인들에게 있다. 그토록 오랜 세월, 일구월심 저희들 잇속만 챙기느라 나라살림을 소홀히 한 소위 그 정치인들의 죄, 그들은 정말 용서할 수 없는 중죄인들이다. 그런데도 우리 민중들이 그런 중죄인들을 모조리 오랏줄로 묶지 않고 아직도 그냥 내버려 두는 것은, 이 백의민족의 도량이 워낙 하해와 같아서 이기도 하지만 그러나 그보다는 수많은 세월 그들이 해댄 짓거리들이 워낙 사람 같지 않아서일 것이다. 그들에게도 정말 그들의 미래를 위해 또 한 번의 기회가 주어질 수 있을 것인가, 답답하다.

정치재해의 와중에서

# 정치재해의 와중에서

지난해에 출판되어 지금도 계속 낙양의 지가를 올리고 있는 작가 현기영 씨의 작품 중에 『지상에 숟가락 하나』란 소설이 있는데 그 소설의 몇 쪽인가에 아주 재미나는 얘기가 하나 있다. 즉, 사람의 한평생이란 그가 얼마를 살았든 간에 그날이 그저 그날인 것 같은 그런 천편일률적인 날들을 죄다 제외하고 나면 사실상 그가 살았다고 자부할 날은 얼마 안된다는 것이다. 아니 얼마 안되는 정도가 아니라, 누구든 자신의 기억 속에 선명히 남아있는 시간만을 진정으로 살아있는 과거로 치부한다면, 우리가 비교적 온전히 기억하고 있는 것은 섭섭하게도 '오늘'이란 시간뿐이라는 것이다.

"과거는 눈부신 오늘의 양광에 바래어 어제는 오늘의 절반밖에 기억이 안되고 그제는 어제의 절반 또 그그저께는 그제의 절반, 계속 이런 식으로밖에 기억이 안된다면 무한등비수열의 합의 공식에 의해, 살아있는 과거, 즉 우리가 살아 있던 시간은 기껏해야 하루분을 조금 상회할 뿐이라는 것이다"

그러니까 오늘의 기억량을 (1)이라고 한다면 $(\frac{1}{1-\frac{1}{2}})$ = 끝내 (2)에 미달한다는 계산이 나온다는 얘기다. 정말 저절로 탄성이 나 올 정도로 공감이 가는 절묘한 계산법이 아닐 수 없다. 그런데 작자는 어쩌자고 인간의 수명에 관한 이런 희한한 계산법을 그저 아무렇지도 않게 객담이란 토를 달고 그냥 간단히 지나치려했는지 모르지만, 독자인 나의 입장에선 그렇게 간단히 흘려버릴 수만은 없는 뭔가 삶에 대한 진한 의미가 묻어 있는 대목 같아서 여간 마음에 드는 것이 아니었다. 가슴이 설렐 정도였다. 인생에 대한 깊은 사유와 오랜 관조를 통해 어렵게 걸러낸 그런 무슨 한 인간의 운명에 관한 귀중한 메시지를 내가 별 노력도 없이 너무 쉽게 접한 느낌이라, 퍽 송구스럽다는 생각마저 들던 것이다. 좌우간 인간의 생존 연한을 주로 인간의 기억력에다 중점을 두고 추출해낸 그런 재미나는 계산법을 활용하여 나도 그동안 내가 살아온 세월을 한번 죽 헤아려봤더니 이건 정말 말이 아니었다. 그동안 나는 어쩌면 하루살이 신세에도 미치지 못하는 짧은 생을 살았구나 하는 자탄 때문이었다. 허망했다. 순간 나는 망연자실 한참 동안 넋을 잃고 멍한 상태에 빠지지 않을 수 없었다. 아무리 마음을 가다듬어 그동안 내가 지내온 세월을 꼼꼼히 더듬어보아도 도무지 내가 살아 있었다고 자처할 만큼 기억에 남아 있는 일들이 별로 떠오르지 않는 탓이었다. 톡톡 긁어모아야 겨우 대여섯 장면이나 될까말까 한 정도였다. 내가 무슨 기억을 상실한 환자도 아니고 그렇다고 계속 잠만을 잔 자도 아니며 그래도 적지 않은 세월을 간단없이 살아왔다고 자부하는 자인데, 내가 뭣 때문에 이렇게까지 과거에 대한 기억량이 빈약한지 순간 당황하지 않을 수 없었다. 그러니까 과거에 대한 나의 기억량에만 의존하여 지금까지의 내 생애를 계산하여 본다면 어이없게도 내가 살아왔던 시간은 소위 그 무한등비수열의 합의 공식에 의한 수치에도 미달하는 불과 몇 시간 정도의 분량에 지나지 않는다고 볼 수밖에 없다. 세상에 원, 그 정도의 기억량만을 가지고야 내가 어떻게 무슨 염치로 지금 살아 있는 사람들의 대열에 끼어들 수가 있단 말인가. 안타까웠다. 그런데 내가 앞서 말한 예의 그 소설에 의하면 "과거는 눈부신 오늘의 양광에 바래어" 어제는 오늘의 절반, 또 그제는 어제의 절반 계속 이런 식으로 과거가 퇴색되어 간다고 했는데, 그 점에 있어서만은 나와 좀 사정이 다르다는 생각이 들었다. 불행하게도 나는 '눈부신 오늘의 양광'에 의해서 과거가 지워진 것이 아니라 뭔가 진실을 덮어버리려는 '깜깜한 오늘의 장막'에 의해서 나의 기억들은 어디론가 그 자취를 감췄다는 느낌이 드는 탓이었다. 생각하면 내가 살아온 '오늘'이란 세월은 나같이 허약한 자가 감당하기엔 너무나 버거운 상대였다. 늘 힘에 부쳐 다리가 휘청거렸다. 항시 정치란 미명하에 온갖 거짓을 정당화하려는 흉악한 음모가 '오늘'을 억누르고 있는 탓이었다. 그리하여 오늘이란 존재는 나에게 있어선 부단히 나에게 굴욕만을 강요하는 일종의 무서운 폭력의 화신 같았다. 나는 잠시도 딴전을 팔 새가 없었다.

오늘이란 순간순간이 다 정신을 차려야하는 긴장의 연속이었다. 조금이라도 방심했다간 한 작가로서의 내 정신세계가, 아니 내가 인간임을 내세울 수 있는 그런 무슨 인간의 마지막 징표徵表 같은 것이 순식간에 와르르 허물어지고 말 것 같은 위기감 때문이었다. 그만큼 오늘이란 현실은, 현실의 그 정황은 너무나도 엄중했다. 잠시도 오늘의 현실에서 눈을 뗄 수가 없었다. 감히 어제를 되돌아보거나 내일을 내다볼 겨를이 없었다. 그것은 내가 문학에 뜻을 두고 처음으로 소설이란 것을 쓰기 시작하던 50년대도 그랬고, 60년대, 70년대도 그랬으며 80년대에 들어서서도 사정은 여전했다. 아니 여전한 것이 아니라 날이 갈수록 정권은 더욱더 외세에 예속되어가고 파쇼화되어가면서, 그에 따라 백성들에 대한 탄압의 강도도 더더욱 높아지는 것이었다.

백성들이 떼를 지어 민주주의를 하자 하면 그에 대한 대답이 계엄령이요, 민족자주를 하자 하면 위수령이고 통일을 하자 하면 비상사태를 선포하는 식이었다.

탓으로 그동안 내가 살아온 '오늘'이란 세월은 언제나 위기요, 혼란이요, 언어도단이었다. 생각하면 8·15 이후 계속 일신의 영화만을 탐하여 민족적인 양심을 죄다 방기放棄한 자들이 외세의 지원 하에 정권을 장악하게 된 터라 그러한 정권 하에선 민족적인 양심과 나라의 자주권을 지키려는 백성들의 저항이 만만치 않았을 것인즉, 그러한 현실이 어찌하여 단 하루인들 위기가 아니고 혼란이 아닌 시기가 있었을 것인가. 때문에 역대 정권들은 번번이 부딪히는 '오늘'의 위기에서 벗어나기 위해 늘 사력을 다하여 별의별 못된 짓을 다 자행하는 것이었다. 언필칭 미국에의 예속을 자주로, 분열정책을 통일정책으로 파쇼 체제를 민주체제로 강변하자니, 사실 그들이 귀신이 아닌 담에야 그게 어디 수월한 일이었겠는가. 그리하여 연년세세 백성들을 상대로 한 그들의 언언사사言言事事는 거의가 다 진실을 은폐하기 위한 술수요, 기만이요, 궤변이었다. 하지만 사력을 다한 그들의 술수에도 넘어가지 않고 그들을 지탄하는 자들이 출현하게 되면 그들은 그때마다 가차 없이 그자들을 지하 고문실로 끌고 가서 흡사 참수斬首하듯 무자비하게 '국보법'으로 목을 내리쳐서 숨통을 조이는 것이었다. 탓으로 각 수사기관의 지하실과 전국의 가막소는 언제나 초만원이었다. 숨쉬기가 어려울 지경이었다. 그런데도 연일 정권을 향해 주먹질하는 백성들의 수가 늘어나자 80년대에 접어들어 총칼 정권은 오호통재라, 인면수심, 그들은 끝내 인간이기를 거부하고 우리 민족사에 일찍이 없었던 전대미문의 대학살극을 자행하기에 이른 것이다. 그들은 전통적으로 우리 민족혼이 가장 빛나게 자리잡은 '광주'를 택하여 민족혼의 그 심장부에 큰 대못을 박는 심정으로, 아니 다시는 영 되살아나지 않게끔. 거대한 왕못을 꽝꽝 때려박는 심정으로 그저 닥치는 대로 수수도 없는 백성들의 그 한맺힌 가슴마다에 그 저주스런 총창을 박은 것이었다. 아, 이걸 어쩌나, 하늘이여 땅이여. 야수들도 부끄러워 처음으로 낯을

붉혔다던가. 산천초목마저 분을 못 참아 치를 떨었지만, 그러나 그들만은 늘 희희낙락이었다. 연일 살인자들의 가슴에다 훈장을 달아주며 그 노고를 치하하기 위한 호화스런 연회가 꼬리를 물고 있었다. 이제 죽일 놈들은 거의 다 죽었은즉, 이제 미군만 영원히 옆에 있어주면 그까짓 백성들이야 뭐라든 말든 자신들의 부귀영화는 대대로 이어진다는 판단 때문이었다. 그들은 볼 것도 없이 선임자들과 마찬가지로 뭣보다 먼저 미군의 무한정한 한국 주둔을 합리화시키는 작업에 매달린 것이었다. 또 한 번 위훈을 떨치기 위해서였다. 그들은 자신들이 장악하고 있는 전파며 활자 등 온갖 전달매체는 물론 산하의 교육기관을 다 동원하여 밤낮없이 어이없는 궤변으로 미국을 하늘처럼 떠받드는 일에 일로매진이었다. 이를테면 미국의 대한 반도 정책에 잔말없이 철저히 추종하면 그것이 곧 이 땅에서의 선善이요, 그에 조금이라도 이의를 달면 그것은 곧 이 시대의 악惡이라는 식의 주장이었다. 기가 막혔다.

지나간 일제 36년이란 그 통한의 세월도 그랬을까. 어찌

보면 일제 36년이란 세월이 친일매국세력들에 의한 일군日軍의 한국 주둔을 무작정 미화하고 찬미하는 데 여념이 없었던 시기였다고 한다면, 8·15 이후 반세기가 넘는 이 기나긴 남북분단의 고통스런 세월은 친미 세력들에 의한 미군의 기한 없는 한국 주둔을 거의 광적으로 미화하고 찬미하는 데 열을 올린 시기였다고 볼 수도 있다. 안타까운 일이다. 그런즉, 힘없는 백성들이 도대체 무슨 수로 미국에 대한 자신들의 견해를 솔직하게 피력할 수 있었을 것인가.

60년대 초 세칭 '분지사건' 때만 해도 그랬다.

당시 나는 국가 권력의 그 의식을 대변한다는 수사관들 앞에선 도무지 그 어떤 명분을 내세우더라도 미국에 대한 비판적인 언동은 전혀 용납되지 않는다는 사실을 절실하게 실감했다. 미국에 대한 비판은 곧 그들에 대한 도전으로 간주하는 것 같았다. 모두들 몸도 마음도 미국에 다 내 맡긴 상태였다. 미국이 없으면 나라도 없고, 나라가 없으면 자기도 없다는 식으로 미국이란 존재와 자신의 운명을 동일시하고 있는 느낌이었다. 그렇듯 민족적인 자존심의 그 흔적조차 찾아볼 수 없는 한심한 풍토에 접하고 그때 나는 도무지 너무나 해괴한 느낌이 들어 순간 말문이 막히던 것이다. 그런데, 그 후 많은 세월이 흘러 세상은 이미 상전벽해 이상으로 변했는데도 유독 단 한 가지 전혀 변하지 않은 것은 예나 이제나 제 나라는 제쳐두고 대국을, 아니 미국을 제 뭣보다 더 섬겨 받치는 지배계층 특유의 그 망국적인 의식구조였다. 사실 반만년 우리 민족사를 통틀어 우리 사회에서 지금까지 미국처럼 그렇게 높이높이 떠받들어본 것이 도대체 무엇이 있었겠는가. 내 생각엔 아무것도 없다. 짐작컨대 이런 상황 하에선 아마 을지문덕 장군도 이순신 장군도 세종대왕도 아니 이 백의민족의 시조이신 단군 할아버지까지도 미국 앞에선 혹시 누가 외람되다 할까 보아 섭섭하게도 기침 소리 한번 제대로 내보셨을 것 같질 않다. 참으로 억울한 일이다. 그래 그랬는가. 내 나라 내 땅에선 누가 내 나라를 보고 썩고 썩은 나라 망할 놈의 나라, 희망이 없는 나라, 아주 없어져라 없어져, 하며 혹독한 욕을 했다고 해서 그가 사회적으로 응징을 받았다는 얘긴 아직 못

들어 봤지만, 그러나 기이하게도 내 나라 내 땅에 와서 저희들 멋대로 놀아나는 미국의 꼴을 보고 망할 놈의 나라, 깡패 같은 나라, 돈만 아는 나라, 쌍놈의 나라, 어서 꺼져라 꺼져, 하고 욕설을 퍼부은 자들은 너나없이 다 징벌의 대상이 되어 평생을 고통 속에서 헤매게 된 자들이 주변에 수두룩하다는 사실을 감안할 때, 나는 도무지 이게 도대체 어느 나랄 위한 정권인가 하는 생각이 들어 늘 골치가 아팠다. 참으로 잘 해석이 안되는 난해한 '오늘'의 기이한 현실이었다. 하지만 그 어떤 종교의 교리도, 설교도, 그 어떤 학교의 교과서도 강의도, 그리고 각 부문에 걸친 그 숱한 저서들도 이 난해한 현실을 이해하는 데는 별 도움이 되질 않았다. 무력하기 짝이 없었다. 아니 좀 도움이 되기는 고사하고 설교도 강의도 들으면 들을수록, 글도 읽으면 읽을수록, 매스컴에 접하면 접할수록, 참과 거짓이 자꾸 더 헛갈리어 시야가 더 흐려지는 터라, 실은 이 땅에선 아무것도 아니 보고 아니 듣는 것만 못한 실정이었다. 그것은 말할 것도 없이 이 땅의 붓과 혀의 그 대부분이 무엇에 현혹되어

혼들을 다 빼앗겼는지, 그것들은 이미 진실을 밝히는 등불의 구실을 포기하고 민족혼을 방기한 썩은 정권의 등에 기대어 도리어 진실을 가리는 장막의 구실을 열심히 해오고 있는 탓이었다. 답답했다.

하지만 그렇듯 답답한 현실은 80년대를 거쳐 90년대를 다 지나는 동안에도 별로 큰 변화를 보이진 않았다. 언필칭 그들은 군부독재체제와는 다른 민주정권을 세웠다고 자처했지만 아직도 멀었다는 느낌이었다. 역시 또 썩은 정권이란 비판이 실감 나는 현실이었다. 백성들의 기대엔 영 미치질 않았다. 특히 외세문제만 봐도 그렇다. 미국에 관한 외세문제만큼은 이들도 결국은 전임자들의 뒤를 충실히 답습하여 가장 신경을 곤두세우곤 백성들의 움직임을 민감하게 주시하고 있었다. 말하자면,

혹시 누가 미국이 뭔데 남의 나라 군사주권을 그렇게 무한정 오래 쥐고 있어도 괜찮은 거냐고 물어볼까 보아,

혹시 누가 미국이 뭔데 남의 나라 국토를 얼마든지 공짜로 제 멋대로 요리해도 괜찮은 거냐고 물어볼까 보아,

혹시 누가 도대체 미국이 뭔데 아무리 친해도 그렇지 제 나라가 아닌 담에야 십 년이든 이십 년이든 그래도 기한은 정해놓고 눌러 있어야지, 남의 나라 강토에 이렇듯 무기한 적으로 주둔해있을 수가 있느냐고 물어볼까 보아,

혹시 누가 미국이 뭔데 이 나라에 와서 사람을 그렇게 죽여놓고도 이 나라 법의 심판을 받지 않고 히히덕거려도 괜찮은 거냐고 물어볼까 보아,

혹시 또 누가 분을 참지 못하여 돌이라도 던지면서 미국 나가라고 소리칠까 보아,

혹시 또 누가 제 나라의 이익을 챙기기 위해 미군이 잔뜩 주둔해 있는 상황 하에서 우리가 어떻게 자주 통일을, 평화 통일을 운위할 수 있느냐고 물어볼까 보아,

그들도 전임자들과 마찬가지로 국보법으로 튼튼히 무장하고 조금도 경계를 늦추지 않았다. 특히나 국가부도 위기에 직면하여 당황한 그들은 더욱더 미국에 밀착하여 살길을 찾느라 경황이 없어보였다. 정권담당자들은 미국 곁에서 단 한 치라도 떨어지게 되면 그때는 이제 완전히 파멸이

라는 위기의식 속에 사로잡혀 있는 형국이었다. 탓으로 그들은 정부는 정부대로 은행은 은행대로 각 기업체는 또 기업체대로 밤낮없이 '월가'의 골목골목을 누비면서 달러 차입에 명운을 걸고 있었다. 일종의 처절한 구걸 행각이었다. 그동안 과잉 차입으로 질식한 경제를 또 다른 차입에만 의존하여 일으켜세운다는 것이 아무래도 무슨 요술 같은 얘기로 들렸지만 그러나 그들은 한 푼이라도 누가 또 빌려주면 살길이 있을 것이고 그렇지 않으면 죽을 수밖에 없다는 비장한 모습들이었다.

수많은 세월 기술, 자본, 원료 등을 전적으로 남한테만 의존하여 가까스로 지탱해온 예속경제가 필연적으로 다다라야 하는 그런 어떤 씁쓸한 뒷모습을 보는 것 같아서 나는 참으로 착잡한 심정이었다. 하지만 그들은 사태가 너무나 다급하여 앞뒤를 살필 여유가 없어보였다. 미국의 표정을 살피기에도 힘에 부친다는 태도였다. 그들은 날이면 날마다 누구한테 뒤질세라 미국의 그 회심어린 세계패권전략인 소위 그 세계화 바람에 철저히 편승하여 신자유다. 신지식이다, 무한경쟁이다 뭐다 해싸며 그저 입만 열면 돈, 돈, 돈 하고 이젠 아주 터놓고 정부 차원에서 공식적으로 인간의 가치를 '돈'보다 훨씬 하위 개념으로 끌어내리기에 여념이 없어보였다. 지식이든 학문이든 예술이든 인간이든 당장 그저 돈으로 환산되지 않는 것이면 무엇이든 다 무효요 무가치하다는 논리였다. 그래 그런가 그들은 그저 미국과 함께라면 지옥도 마다하지 않겠다는 기세로 미국의 눈치코치에 따라서 그저 달러만 생긴다면 이것도 팔고 저것도 팔고 그러잖아도 제 살림이라곤 별로 없는 형편에 어쩌자고 '팔자' 위주로만 나가는 것이었다. 내일이야 어찌되었던 당장 다급하니 팔아먹고 보자는 속셈인가, 땅도 팔고 공장도 팔고 은행도 팔고 회사도 팔고, 이렇듯 떨이요, 떨이요 하는 식의 팔자정책에 힘을 입어 그런가, 근간에 와선 어이없게도 우리 민족의 핵심적인 자랑거리인 우리말과 우리 글까지 팔아버리고 영어로 대치하자는 일군의 세력마저 등장하기에 이른 것이다. 천인공노할 일이었다. 정말 세계화 바람이 이런 식으로 계속 빗나가다가는 이제 머지않아 우리 사회엔 우리도 오랜 세월 미국을 섬길 만치 섬겨왔으니 우리도 이제 미국의 시민이 누릴 수 있는 권리와 혜택을 누릴 수 있게끔 이 촌스런 태극기를 걷어 내리고 수많은 별들이 반짝이는 화려한 성조기로 대치하는 것이 경제성장을 위해 훨씬 유리하지 않겠느냐고 떠들어대는 일군의 세력이 출현할 수도 있으리란 점을 짐작하기에 어렵지 않다.

이 무슨 비극적인 정치재해政治災害란 말인가 요즘 와서 많은 사람들이 자연재해를 걱정하고 있지만, 자연재해는 그 피해가 아무리 크더라도 정치재해가 주는 피해의 규모에 비하면 별것이 아니다. 제아무리 엄청난 태풍도, 홍수도, 해일도, 폭설도, 지진도 그리고 혹서도, 혹한도, 가뭄도 실은 한 나라를 완전히 망치지는 못한다.

하지만 일신일파의 영달만을 꾀하는 정상배들에 의한 정치재해는 나라 전체를 일시에 전쟁의 참화 속에 몰아넣기도 하고, 수많은 백성들을 평생 억울한 일만 당하게 하기도 하며, 또한 인성을 환경을 모조리 다 파괴하여 세상을 생지옥처럼 만들어놓기도 하고, 때로는 나라마저 완전히 팔아

먹어 만백성들을 졸지에 망국노의 설움 속에 파묻히게도 한다.

무서운 일이다.

생각하면 그동안 내가 살아온 '오늘'이란 세월은 이렇듯 천지 간에선 가장 무서운 정치재해의 피해에서 단 하루도 벗어나 본 적이 없었다. 자연재해로 치면 날마다의 '오늘'이 홍수요 지진과 같은 대재앙으로 뒤덮이고 있다는 느낌이었다. 그런즉 인간이 늘 충만한 기쁨 속에서 황홀하게 춤추기만을 바라며, 인간을 위해 재미나는 인간사에 관한 얘기를 쓰겠다고 다짐한 내가 늘 정치재해에 시달리어 수많은 인간들이 숨을 헐떡거리고 있는 '오늘'의 이 절박한 현실에서 어떻게 다른 데로 눈을 돌릴 수 있었을 것인가.

생각하면 이러한 상황 하에서 그동안 내가 살아온 지난날에 대한 기억들을 잘 관리하지 못하고 거의 다 유실해 버렸다는 것은 어떻게 보면 당연한 일인지도 모른다. 다만 나는 '눈부신 오늘의 양광'에 탐닉하여 그것을 즐기느라 과거의 기억들을 유실한 것이 아니라 실은 '오늘의 혹심한 정치재해'에 의한 충격으로 지난날의 기억들을 까맣게 잊게 되었다는 것이 억울하다면 좀 억울할 뿐이다.

그러나 나는 지금부터라도 마음을 가다듬어 겨우 하루살이 신세에도 미치지 못할 만큼 몇 가닥만이 남아있는 빈약한 기억이긴 하지만 그래도 그것들이나마 소중하게 잘 간수하여 앞으로 내가 인생을 살아가는 데 있어서 이따금 오늘의 아픔을 위로받을 수 있는 일종의 청량제로 삼을 생각이다.

그런데 그 몇 안되는 기억 중에서 오늘의 정세와 연결되어 이따금 강한 빛을 띠며 요즘도 선명하게 내 뇌리에 되새겨지는 것은 8·15 직후 우연한 기회에 내가 접했던 일에 관한 기억이다. 그러니까 내가 아마 초등학교 5학년 때였을 것이다. 해방이 뭔지 독립이 뭔지 몰랐을 초등학교 5학년짜리가 뭘 알 턱이 없었겠지마는 그래도 나는 세상이 좀 이상하게 달라지고 있다는 점만은 어렴풋이 느꼈던 것 같다. 갑자기 일장기가 사라지고 집집마다 골목마다 태극기란 것이 나부끼고 있는 것도 이상했지만 동네 온통 만세 소리요, 박수 소리요 동시에 곳곳의 넓은 마당에선 연일 흥겨운 춤판이 벌어지고 있다는 것도 예사로운 일로는 보이지 않았다. 뭔가 어른들 사이엔 좋은 일이 생긴 것 같았다. 나도 덩달아 기분은 나쁘지 않았다.

그러던 어느 날, 나는 어머니를 따라 초등학교 강당으로 무슨 연설을 들으러 갔던 일이 선연하다. 지금 와서 생각하면 누군가 훌륭한 사람이 연설하러 왔다는 전언에 동네마다 벌떡 일어선 느낌이었다. 남녀노소 할 것 없이 한껏 차려입은 차림으로 모두들 흥겨운 발걸음이었다. 강단 안은 어느새 만원이었다. 모두들 무슨 큰 잔칫집이라도 온 것처럼 그렇게들 좋아할 수 없는 표정이었다. 연사가 열변을 토하고 숨을 돌릴 때마다 눈이 부실 듯한 박수요 웃음꽃이었다. 나는 그때 그 연사가 누구며 그가 무슨 말을 했는지는 제대로 알 턱이 없었지만 그러나 그가 큰소리로 공산주의란 어떤 것이고 자본주의란 어떤 거라면서 공산주의와 자본주의에 대하여 뭐라고 신나게 설명해주던 일만은 지금도 눈앞에 선하다. 그리고 나서 그는 갑자기 그럼 여러분 공산주의를 좋아하는 사람은 손 좀 들어보시오 하고 자기가 먼저 손을 번쩍 들고는 장내를 쭉 살펴보던 일도 바로 어제 오늘의 일처럼 뇌리에 생생하다. 그러자 많은 사람들이 그의 말에 따라 손을 번쩍 들었다. 친한 사람이 손을 안 든 것을 보고 손을 들었다가 슬며시 손을 내리는 사람도 있었고 처음엔 손을 안 들었다가 좌우를 한번 휘둘러보고는 뒤늦게 손을 드는 사람도 있었다. 어쨌든 손을 든 사람이나 안 든 사람이나 너나없이 축제 분위기였다. 연사는 또 말했다. 자, 그럼 이번엔 자본주의를 좋아하는 사람이 있으면 손 좀 들어 보시오. 아주 신명이 나는 목소리였다. 그러자 또 많은 사람들이 우르르 손을 번쩍 들었다. 이번에도 손을 들었다가 남의 눈치를 보고 얼른 도로 내리는 사람도 있었고 그냥 멍청이 앉아 있다가 문득 무슨 생각이 났는지 뒤늦게 손을 번쩍 드는 자도 있었다.

여하간에 다들 그저 좋기만 하다는 웃음꽃이요 그런 표정들이었다. 연사는 아주 흡족한 표정으로 장내를 쭉 훑어보더니 이번엔 맨 앞에 앉아 있던 한 할아버지를 보고 "왜

할아버진 아무 쪽에도 손을 안 드세요" 하고 물었다. 할아버진 벌떡 일어나더니 아 왜놈들이 달아나고 나라가 이제 독립이 된다는데 그까짓 공산주의면 어떻고 자본주의면 어떻소. 나는 그저 무엇이든 다 좋기만 하오. 그러면서 덩실 덩실 춤을 추는 것이었다. 그러자 많은 사람들이 옳소 소리와 함께 그분을 따라 벌떡 일어서 가지고는 얼씨구 좋다 절씨구 좋다 장내는 온통 흥겨운 춤판으로 물결치던 것이다. 지금 와서 생각해 보면 그날의 정경이 그렇게도 아름다울 수가 없다. 그때는 내가 나이가 너무 어려서 뭐가 뭔지를 몰라 그저 어리벙벙하기만 했지만 그날의 일들을 오늘의 시점에서 되돌아보면 그 의미가 분명해지면서 전후좌우의 사정이 환히 다 보이는지라 그날에 대한 기억이 너무나도 감동스러워 온몸이 다 후끈 달아오르는 것이다. 특히 그 후 생각지도 않은 외세의 간섭에 의해 나라가 분단되고 그에 따라 한 인간의 자치영역自治領域에 속하는 소위 그 사상 문제가 어이없게도 죽고 사는 문제로 변질되어 사상이 다른 사람과는 함께 살 수도 없는 그런 살벌한 땅으로 이 삼천리

근역이 점점 굳어져감을 의식할 때마다 나는 문득 8 · 15 직후 외세가 아직 주둔하기 전 그 옛날의 그 아름답던 정경이 못 견디게 그리워지는 것이었다. 우리에게도 각자가 처한 계급적인 입장이나 사상의 차이를 떠나 온 민족이 기쁨에 겨워 서로 간에 부둥켜안고 춤을 췄던 일이 정말 있었는가 해서 그 옛날의 그 아름답던 정경이 흡사 신비한 일종의 신화神話처럼 까마득하게만 생각되는 것이었다. 그렇다. 불행하게도 우리에게 있어서 그것은 분명히 일종의 신화인지도 모른다. 하지만 그 신화 속에는 8 · 15 직후 해방과 독립에 대한 그 다함없는 감격과 환희, 백두에서 한라까지 온 민족이 한데 뭉쳐 그 감격과 환희에 어울리는 가장 빛나는 나라를 이 땅 위에 거연히 솟아오르게 하겠다는 전 민족적인 그 강한 의지가, 그 강한 초심初心이, 아름답게 아로새겨져 있다는 사실을 알아야 한다. 그러한 뜻에서 우리 모두는 언젠가 한 번은 꼭 그때의 초심으로 돌아가야 한다는 것이 내 생각이다. 초심으로 돌아가자. 기어이 부당한 외세의 간섭을 이겨내고 외세의 간섭이 없던 그 날의 그 빛나는 초심으로 돌아가야만 정치재해는 물론 혹여 또 한번 있을지도 모를 민족상쟁의 불안감에서도 완벽하게 벗어나 진정으로 한민족韓民族이 하나가 되어 번영할 수 있는 그 찬연한 길도 활짝 열릴 수 있으리란 것이 또한 내 믿음이다. 정말 초심으로 돌아가자. 모두들 마음속으로라도 쉬임없이 초심으로 돌아가는 연습을 하자. 요즘에 와서 나는 가슴이 답답할 때마다 이상하게도 그런 다짐을 몇 번씩이나 하면서 공연히 속으로 아름다운 무언가를 내 멋대로 상상하며 슬며시 회심의 미소를 짓는다.

5박 6일의 성과

# 5박 6일의 성과

6·15남북 공동 선언, 생각하면 미국이 북의 핵문제를 빙자하여 실질적으로 한반도에서의 핵전쟁을 치밀하게 준비하고 있을 때 전 세계에 울려퍼진 이 6·15선언은 실로 우리 민족에게 있어선 더없는 구원의 빛이며 축복이었다. 외세를 배격하고 우리 민족끼리 힘을 합쳐 자주적으로 통일을 이루자는 이 감동적인 '선언'은 우리가 능히 세계제패 전략에 골몰하고 있는 핵전쟁의 광신자들을 제압하고 민족의 분단 문제를 기필코 우리 스스로의 힘으로 평화스럽게 해결할 수 있다는, 그 가능성에 대한 신심을 불러일으켜주었기 때문이다. 이러한 선언은 물론 남북 두 정상 간의 애

국적인 결단의 소산이긴 하지만, 그러나 그것은 8 · 15 이후 자주 · 민주 · 통일을 향해 줄기차게 싸워온 남북의 우리 백성들이 흘린 피와 땀의 결실이란 사실을 간과할 수는 없다. 때문에 이 6 · 15선언은 우리가 그저 지켜도 그만 안 지켜도 그만인 그런 무슨 일시적인 구호나 전략적인 장식이 아닌, 남북이 꼭 지켜야만 될, 우리 시대 절체절명의 생존 수칙이라는 것이 내 믿음이다. 왜냐하면 그것은 우리 시대의 핵심 쟁점인 자주냐 예속이냐, 통일이냐 분열이냐, 민주냐 파쇼냐 하는 문제보다도 현실직으로 더 절박한, 전쟁이냐 평화냐, 다시 말하면 사느냐 죽느냐 하는, 민족 전체의 생사 문제가 달려 있다고 생각되는 탓이다.

이번에 남북의 우리 작가들이 장장 60여 년간의 단절과 격폐의 벽을 허물고 서로 만날 수 있게 된 것도 실은 이 6 · 15선언의 위력한 결과일 수밖에 없다. 사실 우리 작가들처럼 사회와 인생에 대한 그 이해력과 상상력이 그렇게 깊고 넓은 측도 드물 것이다. 그래 그런가, 남북의 우리 작가들은 서로 만나자마자 그 눈빛에서 그 미소에서 악수를 통해 전달되는 그 따스한 체온에서 이미 피차간의 내면세계를 다 읽었다는 밝은 표정이었다. 화기애에 했다. 오랜세월 외세에 농락되어 훼손된 우리 민족사에 대한 그 고뇌와 결의에 인식을 같이했다는 증거였을까. 남과 북은 상호간에 제기한 의제에 대해서도 별다른 거부감이 없었다. 일사천리였다. 남북이 공동으로 6·15민족문학인 협회를 결성하자는 의제에도, 공동으로 잡지 『통일 문학』을 발간하고 통일 문학상을 제정하자는 의제에도 별다른 걸림돌이 없이 모다들 박수갈채였다.

하지만 나는 당시 염불보다는 잿밥에만 마음이 더 매달려 있어서였을까. 도무지 좌불안석이었다. 초조했다. 나는 사실 이번에 어렵사리 북을 방문한 김에 평시에 내가 품고 있던 북에 대한 의문을 하나 풀어보고 싶은 그런 충동에 좀 들떠 있었던 것이다. 그것은 북의 존재 그 자체에 대한 의문이었다. 세계 최강의 미국이 북의 존재를 완전히 지워버리기 위해 정치, 경제, 문화, 군사 등 온갖 수단을 다 동원하여 그렇게 오랜 세월 목을 짓누르고 있는데도 도대체 북은 무슨 재주로 지금도 고개를 꼿꼿이 쳐들고 미국과 당당히 맞서 있는가를, 그 비결을 다소나마 알아보고 싶어서였다. 그것이 그들의 말대로 위대한 수령 때문인가 주체사상 때문인가 혹은 선군정치 때문인가 아니면 그들과 우리는 혈통이 완전히 달라서 그런가, 말하자면 북을 떠받치고 있는 그 원천적인 힘의 실체가 무엇인지를 좀 알고 싶어서였다. 모든 명줄을 미국에 의탁하고 있는 남녘의 우리 처지를 생각해서였다. 그러나 어찌 우리 대한민국의 처지뿐이겠는가. 솔직하게 말해서 2백여 나라나 되는 소위 그 유엔의 회원국들 중에서 미국에 의해 지금 북이 당하고 있는 수준의 그 끔찍한 봉쇄와 제재를 당하고 있다면 도대체 지금까지 망하지 않고 단 일 년을, 아니 단 일 개월을 제대로 버틸 수 있는 나라가 지구상에 과연 몇이나 되랴 싶어 나는 점점 더 북이 알 수 없는 나라로 부각되는 것이었다. 그리하여 나는 북에 머물러 있는 동안 되도록 여러 계층의 사람들과 많이 만나 얘기를 나누고 싶었다. 사람은 모든 것의 주인이며 모든 것을 결정한다고 하는 주체사상의 그 핵심 고리를 염두에 둔다면, 주체사상을 사회의 중심축에 놓고 생활하는 북녘 동포들과의 대화야말로 북을 이해하기 위한 첩경이라 생각되는 탓이었다. 하지만 나는 이번 방북의 성격상 그럴 수가 없었다. 회담이다, 만찬이다, 백두산이다, 묘향산이다 하면서 빡빡하게 짜인 5박 6일의 일정을, 나는 그것만을 소화하는데도 기진맥진이었다. 하지만 나는 가능한 범위 내에서 북 주민들과의 대화를 시도했다. 호텔의 각 부분에서 종사하는 종업원들, 명승지며 유원지에서 근무하는 안내원들, 늘 우리와 함께 이동하는 운전기사, 그리고 우리를 위해 각 소관 기관에서 나온 듯한 여러분들, 그 가슴에 빨간 배지를 단 주변의 모든 분들이 사실은 다 나의 말동무였다. 그들과의 대화를 통해 나의 뇌리에 전달된 그들의 의식 구조는 평시에 내가 짐작하고 있던 바와 별반 다른 점은 없었다. 역시 대단했다. 그들은 말머리마다 그들의 수령과 장군에 대한 경모의 정이 흘러넘쳤으며, 수령과 당과 인민은 하나로 연결된 같은 생명체라 만약 수령과 당과 인민의 자주권을 누가 건드린다면 자기들은 순식간에 총포탄이 되어 내달릴 준비가 되어 있다던 것이다. 그것은 호텔의 여종업원도 그랬고 삼지연의 유적지와 백두밀영을 지키는 그 예쁜 여병사들도 그랬으며 묘향산 속의 보현사를 소개하는 그 당당한 안내원도 그랬다. 다들 일심단결이라도 한 듯 같은 마음가짐이었다. 그들에겐 전후방도, 그렇다고 군과 민간인과의 경계도 별도로 없다는 얘기였으며 여차하면 모다들 수령과 당과 조국을 지키는 요원으로 병사로 돌변할 수 있다던 것이다. 그리고 그들에겐 진지도 따로 없다던가. 그들이 근무하는 직장도 다 그들이 지켜야 할 진지며 도시나 농촌의 건물들도 전시엔 적을 방어해낼 진지로 전환될 수 있다던 것이다.

참, 건물 얘기가 나왔으니 말이지 내가 본 평양의 건축물들은 대부분이 다 웅장하고 거대하고 화려했다. 특히 그들이 기념비적이라고 자랑하는 공공건물들의 모습이 그랬다. 처음에는 흡사 무슨 절경을 대하는 느낌이라 순간 아, 하는 감탄사가 흘러나오던 것이다. 뭔가 위세를 자랑하듯 웅장하게 서 있는 인민대학습당이 그랬고 평양대극장이 그랬으며 또한 만수대학생소년 궁전이 그랬다. 그리고 그들 수령의 위대함을 형상화했다는 개선문이 그랬고 주체사상탑이 그랬다. 그것들은 하나같이 한국 고유의 유려한 전통미를 바탕으로 현대인의 감각에 맞게, 그러면서도 어느 거대한 궁궐처럼 화려한 위용을 뽐내고 있었다. 뭔가 역사적으로 주변 강대국들한테 늘 짓눌리고 멸시만 당하던 억울함을 일시에 확 풀어버리기 위해 벌떡 일어선 한 거인의 모습을 보는 것 같아서 나는 왠지 같은 민족으로서 좀 통쾌하다는 느낌마저 들던 것이다. 온 백성이 그렇게 오래도록 기나긴 고난의 행군길을 이어가면서도 언제 무슨 여유가 있었길래 저렇듯 화려한 건축물을 여기저기 우뚝우뚝 세워놓았나 생각하니 북녘이라는 나라가 더욱 알 수 없는 나라로 다가서는 것이었다. 특히 그 학생소년궁전 내의 소극장에서 본 청소년들의 그 휘황한 색조의 춤과 노래는 너무나 황홀하여 지금까지도 그 여운이 진하게 남아있다. 그것은 인간의 영역이 아닌 신의 영역에서나 볼 수 있는 완벽한 미의 표본 같았다.

뿐더러 그들이 새로 건설되었다고 자부하는 창광 거리니 광복 거리니 통일 거리니 하는 그 삼사십 층짜리 아파트 단지도 장관이었다. 동과 동 사이의 그 넓은 공간, 아파트가 깔고 앉은 면적보다 훨씬 더 넓어 보이는 녹지공원이 눈을 부시게 했다. 우리에게 익숙한 소위 그 시장원리라는 걸 생각해보면 지극히 비경제적인 어느 넋 나간 자의 설계 같았지만 그러나 시장원리가 아닌 인간원리에 비추어보면 지극히 입주자 위주의 설계 같아서 그냥 고개가 끄덕여지던 것이다.

나는 평양에서의 마지막 날 아침 고려호텔의 44층 맨 꼭대기에 위치한 회전 식당에 올라가 주위를 한번 휘 둘러 보았다. 물밑에선 지금 무슨 일이 벌어지고 있는지 모르겠지만 눈에 보이는 수면만은 그렇게도 조용하고 평화스러울 수가 없었다. 수많은 대소 빌딩들이 넓게 쑥쑥 뻗은 도로 양쪽에 아주 정연하게 자리잡고 있었다. 그런데 순간 나는 저렇게 여유를 가지고 얌전하게 앉아 있는 빌딩들의 용도는 도대체 뭘까 그런 의문이 머릴 스치던 것이다. 이상하게도 간판이 없기 때문이었다. 나는 사실 며칠간이나 차를 타고 평양 시내를 돌아봤지만 건물들이 자신의 정체를 알리기 위해 간판을 달고 있는 모습을 본 일이 없다. 모다들 벙어리처럼 침묵 일변도였다. 그런즉 대소 건물들의 용도와 그 내용을 누가 알 턱이 있겠는가. 이를테면 그것이 군용인지 민용인지 혹은 학교인지 무슨 공장인지를 가려낼 재주가 없었다. 이렇듯이 단 하나의 간판도 눈에 띄지를 않아 일견 건조해 보이는 평양의 전모를 쭉 내려다보던 나의 눈엔 문득 그 거구의 평양 자체가 일종의 거대한 요새로 보이던 것이었다. 요새, 그렇다. 그저 여차하는 날이면, 즉 미군이 단 한 방이라도 북을 향해 총을 쏘는 날이면 북의 인민 전체가 총 포탄이 되어 조국을 지키리라던 어느 운전기사의 말이나 또는 여차하는 날이면 도시든 농촌이든 건물 전체가 진지가 되고 초소가 되어 적을 격퇴하리라던 어느 호텔 종업원의 말 등은 다 논외로 치더라도 평양은 이미 오래전부터 견고하고 거대한 하나의 요새를 염두에 두고 발전해왔는지도 모른다. 말하자면 평양은 이미 미국과의 대결 구도가 시작되면서부터 미국이 요즘 자랑하고 있는 소위 그 외과수술식 폭격이라는 선택적 정밀폭격에 대비하여 어디가 어딘지를 모르게 하기 위해 간판을 아예 다 떼버렸을지도 모른다는 얘기다.

5박 6일간의 북의 방문을 마치고 평양을 떠나면서 나는 웬지 좀 든든하다는 느낌이 들었다. 빈손으로 왔다가 뭔가 하나 확실한 것을 얻어 간다고 생각되는 탓이었다. 그것은 지금 전 세계의 이목을 끌고 있는 북핵문제에 관해서였다. 그동안 내가 만난 몇몇 북녘 분들의 그 솟구치듯 하던 결의와 의지가 정녕 대다수 북녘 동포들의 뜻을 반영하는 것이라면 북핵문제는 좀처럼 해결될 수 없다는 얘기다. 말하자면 수많은 핵무기로 무장한 미국이 한반도 내에서 끊임없이 북의 존재 그 자체를 위협하고 있는 한, 다시 말하면 미국이 진정으로 제국주의 정책을 포기하고 북과 행동으로 실질적인 관계 정상화를 도모하지 않는 한 북핵문제는 절대로 해결될 수 없다는 것이 북에서 얻은 내 소신이다. 나라의 자주권을 위해선 그 무엇도 다 버리고 끊임없이 고난의 행군을 계속할 수 있다는 그들에게 그까짓 전기니 기름이니 양식이니 하는 것을 좀 보태 준다고 해서 그들이 자신들의 결심을 버릴 것 같지 않아서였다. 그런즉 6자 회담도 양자회담도 핵문제를 근원적으로 해결하는 데는 역부족이라는 생각이 들었다. 그렇다고 실망할 필요는 없다. 우리에겐 북핵 문제를 완벽하게 해결할 수 있는 손쉬운 길이 마련되어 있기 때문이다. 그것은 다름 아닌 바로 6·15선언이다. 남북이 힘을 합쳐 확실하게 6·15선언을 실천함으로써 우리 민족끼리 화해하고 협력하여 공존공영할 수 있는 터전을 마련할 때, 비로소 우리 강토는 핵이 없는, 아니 핵뿐만 아니라 지배와 예속도 없는 청정지대가 되어 전 인류의 우러름을 받는 성지가 될 것이다. 이것이 5박 6일간의 평양 방문에서 얻은 성과라면 단 하나의 고귀한 성과다.

# 엄마 하느님 – 남정현 선생과 함께

김 영 현

# 엄마 하느님 - 남정현 선생과 함께

김 영 현

지난 남북작가회담차 평양을 방문하는 동안 나는 내내 소설가 남정현 선생과 한 방을 썼다. 분단 60년 만에 열리는 남북한 작가 간의 첫 만남이라 다들 긴장된 모습들이었다. 더구나 소설 「분지」로 60년대 중반 모진 필화 사건을 당하셨던 남 선생으로서는 무척 감회가 깊으신 모습이었다.

그런데 내가 이런 남 선생과 한방을 쓰게 된 까닭은 순전히 집행부에서 몸이 약한 남 선생을 여행 기간 내내 가까이에서 보좌할 수 있는 적임자로 나를 지목하였기 때문이다. 나로서야 언감생심 감사한 일이었지만, 사실 선생을 오랫동안 봐 왔지만 긴 시간 가까이에서 함께 지낼 수 있는 기회는 거의 없었으니까. 그럼에도 불구하고 다른 사람들의 눈에는 내가 무척 불쌍하게 보였던 모양이다. 아침마다 식사 때 모이면 먼저 남 선생의 건강에 대해서 묻고 다음에는 내가 그런 궂은(?)일을 맡아서 하는 것에 대해 칭찬 비슷한 것을 늘어놓는 것이었다.

사실 집행부의 예측대로 몸이 워낙 약한 탓인지 남 선생은 평양에 도착하는 날부터 내내 설사로 고생을 하셨다. 더구나 둘째 날에 점심으로 대동강변 옥류관에서 그 유명한 냉면을 먹었는데, 잘 씹지 못하는 남 선생은 냉면을 그냥 삼키셨던 모양이었다. 호텔에 돌아오는 순간부터 변소 출입이 잦으시더니 밤새 끙끙 소리를 내며 앓으셨다.

남 선생이 부인과 사별하고 혼자가 되신 지도 벌써 십 년이 다 되어간다. 부인이라도 계셨으면 얼마나 좋았을까. 남 선생의 부인 신순남 여사는 김천여고를 수석으로 졸업하고 서울대 영문과를 나온 보기 드문 수재셨다. 초창기 KBS 방송의 번역가로 30여 년을 일하는 동안 우리가 자주 보곤 했던 '주말의 명화' 등의 외화 번역을 통째로 맡아서 하신 뛰어난 번역가이자 방송계의 산 역사이기도 한 분이다. 하지만 몇 년 전에 들른 쌍문동 남 선생의 집은 부인이 떠나고 나서 남 선생 혼자 지키고 있을 뿐이었다. 이재와는 아예 담을 쌓고 사는 분인지라 40여 년째 산다는 코딱지만 한 집은 작고 초라하기 그지없었다.

남 선생은 부인 이야기만 나오면, "그 친구 나 땜에 참 고생이 많았어요. 방송계에 그렇게 오래 있었지만 늘 임시직에 박봉이었으니까. 나야 작가라지만 김 선생도 알다시피 잘 팔리는 작가도 아니잖아요. 그런데다 「분지」 이후 원고 청탁 한 군데 들어오지 않았으니까." 하며 쓸쓸한 표정을 짓곤 하셨다.

우리나라 최초의 필화 사건으로 기록되는 소설 「분지」는 북한의 노동일보에 전재가 되었고 그것으로 남 선생은 당시 막 김종필에 의해 발족된 중앙정보부에 간첩 혐의로 끌려가 두 달여 간 도저히 인간으로서 당할 수 없는 고통을 당하였다. 남 선생은 아직 아무에게도 말하지 않았다며 그 때 끌려갔던 이야기를 마치 동화라도 들려주듯 나지막 작은 목소리로 들려주었다.

"무슨 기업이라는 간판이 걸려있는 곳으로 끌려갔어요. 두 남자와 나란히 말이오. 문이 열리자 두 남자는 사라지고 그 대신 넓은 방 저 안쪽에 어떤 웃통을 벗은 사내가 하나 마치 스님들이 쓰시는 주장자 같은 몽둥이를 들고 의자에 앉아서 내가 들어서자마자 바닥을 내리치며 커다란 목소리로 소리를 지르는 것이었어요. '네가 남정현이냐!' 하고 말이오. 나는 그 순간 이게 무슨 꿈이지 하고 생각했어요. 정신이 아득해졌지 뭐요. 그러자 다음 순간 그 목소리가 다시 바닥을 몽둥이로 내리치며 말하는 것이었어요. '벗어라!' 하고 말이오. 허허허…."

그때가 60년대 중반이니 누가 있어 그를 지켜주겠는가. 참으로 적막강산이었을 것이다. 그리고 참으로 무지막지한 세월이었다. 이번 여행길에서 가장 나이가 많으신 시인

이기형 선생이 곁에서 해 준 말에 의하면 나중엔 꼬챙이에 똥을 찍어 먹으라고 내밀더라는 것이다.

그러나 그런 고통도 강요된 절필의 고통보다도 더하지는 않았을 것이다. 일심에서 풀려나고도 근 이 년을 아무 할 일도 없이 검찰청사로 아침에 불려갔다 저녁에 돌아오는 일을 계속하였는데 담당 검사가 말하길,

"당신은 이제 더 이상 글을 써서는 안된다. 만일 어떤 글이라도 쓰면 그땐 당신의 손목을 분질러 놓겠다. 그런 건 재판 없이도 얼마든지 가능한 일이다. 알겠는가?" 했는데, 그 이야기를 하면서 남 선생은 그때 검사의 말이 전혀 농담같이 들리지 않더라는 것이다.

그리고 그들이 실제로 얼마나 손목을 밟아놓았는지 지금도 흉터가 남아있었다. 나 역시 고문의 상처가 아직도 남아 있지만 아아, 인간이란 동물의 내면에 숨겨져 있는 저 야만의 얼굴은 과연 무엇으로부터 비롯된 것일까.

그이가 쓴 작품 중에 「세상의 그 끝에서」라는 단편이 있는데 여기에 나오는 주인공은 하룻밤 사이에 자기가 써 놓

은 글을 모두 지워버리는 일을 매일 아침마다 자행하는 괴롭고 처절한 인간이다. 아마 당시 작가 자신의 모습을 그린 것일 터였다. 80년대가 시작되자 이는 다시 끌려가 다시 그와 같은 고통을 당하지 않으면 안 되었는데 그땐 정말 자신의 손목을 분질러놓을 줄 알았다는 것이었다.

"이젠 다 지난 이야기지요, 뭐. 누구에게도 이런 이야기 안 해요. 그게 다 우리 민족이 짊어진 멍에 때문인 걸 어쩌겠어요. 다만 소망이 있다면 그저 더 이상 우리 민족이 서로 싸우지 않고 잘 사는 것뿐이에요."

이쯤에서 고백하자면 나는 사실 여행 내내 이런 남정현 선생과 함께 지낼 수 있은 시간에 대해 감사를 했다. 겨우 39킬로그램에서 40킬로그램을 오가는 이 자그마한 몸뚱이에 결코 만만치 않은 이유도 있었지만 그이의 끝없이 너그러운 성품과 참을성, 겸손함은 그 누구에게서도 볼 수 없는 미덕이었기 때문이다. 그이는 참으로 겸손하였다. 그리고 그이는 누구 앞에서도 지르거나 자기주장을 펴지도 않았다. 하지만 나는 그이에게서 진정으로 강한 인간의 아름다움을 느낄 수가 있었다. 많은 북한 측 작가들이 같이 갔던 기라성 같은 남쪽의 작가들을 제치고 남 선생에게만은 진정으로 존경의 예를 표하는 것을 나는 곁에서 여러 번 보았다.

「장자莊子-외편外篇, 달생편達生篇」에 보면 목계木鷄에 대한 이야기가 나온다.

기성자紀渻子라는 사람이 임금을 위해 싸움닭을 길렀다. 열흘이 지난 후 임금이 됐느냐 물으니, "아직 멀었다. 제 기운만 믿고 씩씩거린다." 고 대답했다. 다시 열흘 후 물으니, "아직 멀었다 다른 닭을 보면 사납게 눈을 흘긴다."고 대답했다. 이렇게 하여 다시 얼마간의 시간이 흐른 후 임금이 물으니 비로소 대답했다.

"이제는 됐습니다. 다른 닭이 덤벼도 마치 나무로 깎은 닭처럼 고요할 뿐입니다."

하고 대답했다. 이 나무로 깎은 닭, 즉 목계木鷄의 경지야말로 진정으로 고수다운 경지가 아닐까. 나는 질풍노도와 같은 지난 시절을 달려오는 동안 이 목계의 경지에 이른 사람을 더러 보곤 했는데, 여기 남 선생도 그런 사람 중의 하나가 틀림없을 것이었다.

그이는 특히 작가들이 어려움 속에서도 우리를 정성껏 따뜻하게 환대해주는 것에 대해 늘 감사를 잊지 않았다. 북의 작가들뿐만 아니라 이 땅에 붙이고 살아가는 모든 것에 대해 진정으로 감사하고 사랑의 마음을 표현하곤 했다. 그이의 마음으로 보면 이 세상에는 이해하지 못할 것도, 용서하지 못할 것도 없는 것처럼 보였다.

북쪽에 갔다 온 김에 한 가지 이야기를 더 하자면 이기형 선생이 오는 날 점심, 북에 있는 아들과 딸을 만나기로 했다고 했다. 89세의 이기형 선생으로서는 이것이 마지막 될 것 같아서 다들 축하를 드리는 기분으로 기다리고 있었다. 전날 저녁 호텔 선물 가게에서 만났더니 내 손을 잡고. "김 선생 사고 싶은 것 있으면 사. 내가 사줄게 뭐든지 사." 하고 말씀 하시기에 나도 돈이 있다고 했더니. "아냐 내가 사줄게 낼이면 내 아들을 만나. 딸도 만나고…, 이까짓 돈이 뭐가 필요 있어, 사, 맘대로 사라고." 그러셨다. 그런데 될

듯싶었던 그 만남이 끝내 무산되고 말았다. 우리가 어디 갔다 왔더니 이 선생이 풀이 죽은 채 울고 있었다. 이기형 선생과 가장 가까운 사람이 남 선생이라 얼른 남 선생이 달려가 손을 잡고 위로를 하셨지만 돌아오는 비행기에서도 내내 이 선생의 풀 죽은 모습은 살아나지 않았다, 언젠가는 이런 아픔도 사라지는 날이 와야 할 것이다.

이제 다시 처음의 남정현 선생 이야기로 돌아가자면, 새벽에 백두산을 올라가는 날, 물론 정상 부근까지 차로 가지만 남 선생은 영 자신이 없어 하셨고 나도 혹시 어떤 일이 일어날까봐 권하지도, 그렇다고 이곳까지 와서 천지를 바라보는 일이 이제 언제 또 있을까 생각하니 말리지도 못하는 신세로 남 선생의 눈치만 보았다. 처음부터 전날까지 그이가 든 음식이라고는 공깃밥 한 그릇도 못되었을 터인데 그나마 잦은 설사로 몸이 말이 아니었다. 그러나 남 선생은 결국 같이 가는 것으로 결론을 내렸다. 연길에서 가는 길과는 달리 새벽 밀림 샛길을 따라 백두산으로 올라가는 길은 참으로 신비롭다 못해 숨이 막힐 지경이었다. 모든 것이 잘

되었다. 남 선생은 우리와 함께 약간 세찬 바람이 불긴했지만 장엄한 해돋이 풍경과 천 년의 기운을 담고 있는 천지를 볼 수 있었다. 그 순간 그이의 가슴속에서 출렁이었을 감동을 생각하면 나마저 가슴이 설레지 않을 수 없었다.

어쨌든 우리는 모든 여행을 북녘 작가들의 따뜻한 환대 속에서 무사히 치를 수가 있었다. 평양을 떠나는 마지막 날, 이제 내일이면 집으로 간다는 마음으로 편히 잠을 청하였는데, 그 밤에도 남 선생은 혼자 끙끙 앓고 계셨던 모양이다. 미안한 마음으로 살짝 눈을 떴는데 아직 어둑한 공기 속에서 그이의 신음 소리가 들려왔다. 낮고 분명한 신음 소리. 나는 돌아누운 채 숨을 죽이고 그 소리를 들었다 그 소리는 뜻밖에도 어머니를 부르는 소리였다.

"아아, 어머니…."

남 선생은 분명한 어조로 그렇게 소리를 하고는 얼마간 사이를 두었다가 다시,

"아아, 어머니…."

하고 부르는 것이었다. 순간 내 몸속으로 마치 강한 전류

같은 것이 한 줄기, 마치 심장을 대꼬챙이로 찌르듯이 지나갔다.

아아, 어머니···. 참새보다, 바람보다, 가벼운 노작가가 평양의 어둠 속에서 부르는 그 소리···. 육신의 고통을 뚫고 솟아오르는 그 간절한 소리···.

그래 만일 하느님이 있다면 그이는 분명히 엄마의 형상을 하고 계시리라. 미켈란젤로가 그렸듯 백발 수염을 날리는 늙은 남자가 아니라 한없이 자애로운 어머니의 모습을 한 하느님. 엄마 하느님···. 그래, 불기둥 유황불을 가진 아빠 하느님이 아니라 눈물과 사랑밖에 없는 엄마 하느님···. 우리 하느님은 분명 전쟁과 증오를 가진 인간들이 형상해 놓은 무시무시한 권능의 잘난 아버지 하느님이 아니라 분명 어머니 하느님일 것이다.

언젠가 아비 없이 아이들 셋을 기르며 소설을 쓰고 있는 가난한 작가 공선옥이 자기 뒤에 써놓은 글이 있다.

"아버지는 언제나 잘난 자식을 자신의 분신처럼 사랑한다. 하지만 엄마라는 존재는 늘 가장 못나고 어리석은 자식을 가장 깊은 품에 안고 키운다."

그래, 그럴 것이다. 우리는 그 새벽, 서로 어둠 속에 돌아누운 채 눈물을 삼키며 한없이 한없이 그리운 어머니의 이름을 부르고 있었다.

# 분단시대의 기상나팔

- 남정현 산문집 <엄마, 아 우리 엄마>를 읽고 -

●

임 헌 영

# 분단시대의 기상나팔

– 남정현 산문집 〈엄마, 아 우리 엄마〉를 읽고

임 헌 영

　단 한 편의 소설로 통쾌하게 당대의 민족사적인 아픔을 달래 줄 수 있는 작가라면 실로 경이로운 존재다. 분단시대의 냉전체제 아래서 깊숙이 마취당했던 민족의식을 일깨우는 기상나팔을 울린 〈분지〉의 작가 남정현이 바로 그런 경이의 작가다.

　남정현이 어떻게 이와 같은 경이로운 작가로 성장했으며, 작가수업이나 소년시절에는 어떻게 보냈는가 등등에 대한 궁금증은 많은 독자가 가진 답답한 문제의 하나일 것이다. 한국의 어떤 작가보다도 자신의 일신상 문제를 거의 거론 않기로 유명한 작가인지라 베일 속의 작가의 세계는 언제나 호기심의 대상이었다.

〈엄마, 아 우리 엄마〉는 남정현 작가가 독자들에게 공개하는 단 하나의 산문집이다. 여기서 우리는 이 작가가 왜 〈분지〉를 썼으며, 그 작품으로 말미암아 어떤 고통을 받았는가를 엿볼 수 있다. 아울러 어린 시절부터 청년기에 이르기까지의 성장 상황도 비교적으로 자상하게 이해할 수 있게 된다. 작가의 비밀의 세계를 파고드는 몰카와 같은 역할을 이 산문집은 너끈하게 수행해 준다.

그는 이미 반세기 전에 남북과 북미 사이에는 필연적으로 평화협정이 맺어질 수밖에 없을 것이라고 신념처럼, 예언처럼 설파했다. 그런 단계에 이르는 과정에서 불가피하게 핵문제가 대두할 것이며, 그 문제도 해결되고야 말 것이라고 냉철하게 전망했다. 핵문제란 북한의 입장에서는 한국전쟁 때 겪었던 미국으로부터의 핵 공격 위협에 대한 알

레르기적인 반응을 의미한다.

한국전쟁이 격화일로로 치닫고 있었던 1950년 11월 30일, 트루먼 미 대통령은 "공공연하게 원자탄을 들먹거렸다."고 한다. "기자회견에서 상황을 역전시키기 위해 어떤 조치를 취할 것인지를 질문 받고, 그는 원자탄을 사용하는 방안을 적극 고려중임을 두 차례에 걸쳐 언급하면서 어떤 종류의 무기라도 사용할 것임을 시사하였다.(브루스 커밍스 / 존 할리데이 지음, 차성수 / 양동주 옮김 〈한국전쟁의 전개과정〉, 태암, 1989, 123쪽)

이어 이 책은 "기자회견 날인 11월 30일 다음과 같은 명령이 하달되었다. '전략공군사령부는 중폭격기부대를 지체 없이 극동으로 출격시킬 준비가 되도록 태세를 갖출 것... 이번 증파에는 반드시 핵무기가 포함되어야 한다.'"(125쪽) 이어 점점 더 위기는 고조되었다.

"12월 9일 맥아더는 원자탄 사용이 사령관의 자유재량에 맡겨지기를 원한다고 언급하였다. 미군이 동해안으로 패퇴한 날 그는 26

발의 원자탄이 필요할 것으로 판단되는 '저지목표물 목록'을 제출하였고 또한, 침략군에게 쓸 4발과 적 공군력을 집중 공격하기 위한 4발을 추가로 원했다. 사후에 출간된 인터뷰에 따르면 그는 자신은 당시 열흘 만에 승리할 수 있는 계획이 있었다고 말했다. '나는 만주의 숨통을 따라 30~50발의 원자탄을 줄줄이 던졌을 것이다. 그리하여 50만에 달하는 중국 국부군을 압록강에 투입하고 우리의 뒤편인 동해에서 황해까지에는 60년 내지 120년 동안 효력이 유지되는 방사성 코발트를 뿌렸을 것이다. 소련은 아무 일도 할 수 없었을 것이다. 나의 계획은 완벽했다'고 확신에 차서 말하였다."(같은 책, 128~130쪽)


여러 정세에 의하여 한국전쟁 당시에는 핵 폭격을 피해갔지만, 휴전 이후 남북한은 이 때 겪었던 핵 공포로부터 벗어날 수 없었을 것이라는 걸 강조한 것이 남정현의 〈분지〉였고 그래서 이 작품은 한반도 비핵화를 강조한 첫 소설이기도 하다. 소설에서는 주한 미군 스피드 상사의 아내를 위협한 홍만수라는 한 개인을 처치하고자 "1만 여를 헤아리는 각종 포문과 미사일, 그리고 전 미군 중에서도 가장 민첩하고 정확한 기동력을 자랑하는 미 제 엑스 사단의 그 늠름한 장병들이 신이라도 나포할 기세로" 향미산을 포위하는 장면이 나온다. 말하자면 "만수란 이름의 육체와 또한 그의 혼백까지를 완전히 소탕"하려는 "핵무기의 집중공격"을 시도한 것으로 〈분지〉는 묘사하고 있다.

그래서 이 소설은 핵무장을 갖춘 나라들에게 언제나 공격의 위협에 노출되어 있는 핵무장을 못 갖춘 지구상의 모든 나라들의 처지를 상징적으로 그린 작품이기도 하다.

휴전 이후 미국은 그 막강한 무기로 항상 북한을 선제공격이나 일망타진 할 야망을 버리지 못했을 터인데, 이를 실현하지 못한 이유를 작가 남정현은 북한이 갖고 있는 '도깨비방망이' 때문이라고 비유한 건 소설 〈편지 한 통 – 미제국주의 전상서〉(작품집 〈편지 한 통〉, 도서출판 말, 2017, 수록)이다. 이 소설에서 남정현은 소국인 북한이 핵무장까지 갖춘 가공할 존재로 변모한 이유를 "세포 하나하나가 다 아주 질기디 질긴 한으로 사무쳐" 있기 때문이라는 지극히 신비주의적인 이유를 거론한다.

한恨이라! 작가는 북한이 가진 한의 근원을 어디서 찾고 있을까? 얼마나 한에 사무쳤으면 그리도 냉혹 삼엄한 체제로 지구상의 최대 강국과 맞장이라도 뜨겠다는 배포를 부리고 있을까.

그 해답 역시 한국전쟁에서 쉽게 찾을 수 있을 것 같다.

핵공격을 저지당하자 미국은 재래식 무기로 북한을 공격했다.

"1950년 11월 초순 이후 맥아더는 북한의 수천 평방 마일에 이르는 지역 내의 '모든 시설물, 공장, 사가지, 마을'을 폭격하여 전선과 중국 국경선 사이를 완전히 황무지로 만들어 버리라고 명령했다. 11월 8일 B-29 70대가 신의주에 소이탄 550톤을 투하하여 '그곳을 지도상에서 완전히 지워버렸다. 1주일 후에는 회령이 네이팜탄의 강폭으로' 전소 '되었다. 11월 25일까지' 압록강과 그 이남의 적 최전방 사이에 있는 대부분의 북서지역이 대충 불타버렸다. '이제 그 지역은' 초토화된 폐허'가 되어 버린 것이다."(브루스 커밍스 / 존 할리데이 지음, 차성수 / 양동주 옮김 〈한국전쟁의 전개과정〉, 태암, 1989, 123쪽)

맥아더의 핵 폭격 꿈 대신 재래식 폭격은 지속되었다. "12월 14~15일 공군은 평양에 70만5백 파운드의 폭탄과 네이팜탄, 그리고 175톤의 대형시한폭탄을 투하하였다."(같은 책, 132쪽)

시한폭탄은 72시간 이내에 뜻밖의 순간에 폭발하도록 조작되어 있었다.

화학무기 사용도 고려(혹은 실시)했고 휴전회담 때 논쟁도 되었다. 이에 대해서는 "우리가 가스를 사용한다면 우리도 그렇게 보복당할 수 있다."(131쪽)는 이유 때문에 자제하지 않을 수 없었다고 풀이한다.

한국전쟁은 한반도 전역의 초토화였기에 전쟁은 어떤 대가를 치르더라도 피해야 하며, 평화체제를 구축이 유일한 해결책이며 민족사적인 당위론임은 재론의 여지가 없다.

한의 실체를 이해하기 위해 한국전쟁 때 북한의 정황을 한 기록을 통해 살펴보자.

"전쟁 기간에 이북 지역에 투하된 폭탄은 총 47만6천 톤이었다.

이것은 태평양전쟁 기간인 3년 8개월 동안 각 나라에 투하한 폭탄량과 맞먹으며, 2차 세계대전 기간에 독일에 투하한 폭탄 수를 훨씬 초과하는 양이었다."(역사문제연구소 기획, 〈사진과 그림으로 보는 북한 현대사〉, 웅진 지식하우스, 2014, 116쪽)

이런 파국적인 비참상을 북한의 시인 조기천은 "세계의 정직한 사람들이여 / 지도를 펼치라 / 싸우는 조선을 찾으라 / 그대들의 뜨거운 마음이 달려오는 이 땅에서 / 도시와 마을은 찾지 말라."라고 했다. 도시와 마을이 사라져 버린 참담한 풍경을 그는 "남북 3천리에 잿더미만 남았다 / 태양도 검은 연기 속에서 / 피 같이 타고 있는 조선 / 폭격에 참새들마저 없어진 조선!" (조기천 〈조선은 싸운다〉)이라고 차탄嗟歎했다.

이때 형성된 한의 정서는 바로 그 이전에 응축된 일제 식민지 시대의 고통의 한과 하나가 된 점을 남정현은 지적하고 있는 성싶다.

이 산문집에 실린 글에서 작가는 아래와 같이 말한다.

세계 최강의 미국이 북의 존재를 완전히 지워 버리기 위해 정치, 경제, 문화, 군사 등 온갖 수단을 다 동원하여 그렇게 오랜 세월 목을 짓누르고 있는데도 도대체 북은 무슨 재주로 지금도 고개를 꼿꼿이 쳐들고 미국과 당당히 맞서 있는가를, 그 비결을 다소나마 알아보고 싶어서였다.(〈5박 6일의 성과〉)

여기서 작가는 그 해답을 "뭔가 역사적으로 주변 강대국들한테 늘 짓눌리고 멸시만 당하던 억울함" 즉 한의 민족적 정서에서 찾고 있다. 그래서 "수많은 핵무기로 무장한 미국이 한반도 내에서 끊임없이 북의 존재 그 자체를 위협하고 있는 한, 다시 말하면 미국이 진정으로 제국주의 정책을 포기하고 북과 행동으로 실질적인 관계 정상화를 도모하지 않는 한 북핵문제"는 해결하기 어렵다는 것이 작가 남정현의 남-북-미 및 동아시아의 평화관이다.

남정현은 산문 〈파란 피부〉에서 〈분지〉 사건 이후 두 번째로 투옥 당했던 체험기를 다룬다. 〈분지〉로 당했던 고통의 상처로 글을 쓸 엄두도 못낸 채 소시민적인 생활에 젖어들 무렵이었다. "오랜 세월 친분을 나누며 지낸 김성환金星煥 화백의 소개로, 약 이백여 명의 사원을 거느리고 당시엔 우리 색판色版인쇄계에서 선도적인 역할을 하던 한국문화 인쇄주식회사의 편집주간이란 중책"을 맡아 생활이 자리가 잡히자 작품도 계속 써볼 요량이었다. 그런데 1974년 "유난히도 싸늘하던 초봄, 어느 날의 퇴근길에 두 사람의 기관원에 의해서 강제로 연행되어 '남산'의 지하실에 처박히고 말았다." 바로 긴급조치로 인한 예비검속이었다.

"그때 민청학련사건을 조작했던 유신정권의 그 흉악한 음모와 그 와중에서 내가 겪었던 일들을 이 좁은 지면에다 담을 수는 없다. 나는 다만 그 저 당시 '남산'의 그 으스스한 지하실에서 내가 목격한 그 파란 피부의 사나이, 아니 도저히 인간의 살갗이라곤 말할 수없는 한 인간의 그 파란 피부에서 받은 그 강한 충격의 여파가 그 후 이십 오륙 년이나 지난 오늘날까지도 내 의식의 사이사이에 끼여 가지고는 이따금 나를 깜짝깜짝 놀라게 한다는 사실을 말하고 싶을 뿐이다. 그렇다 생각하면 그것은 전율戰慄 바로 그것이었다."(〈파란 피부〉)

"파란 잉크통 속에 사람을 몇 날 며칠 푹 담 가 놓았다가 방금 꺼내놓은 것 같다는 생각"이 들 정도로 "온몸이 파란 사나이"는 고문의 흔적이 낳은 결과이다. 작가는 "저분은 누굴까? 이름은? 그러나 끝내 나는 그것을 확인할 길이 없었다."라고 쓴다.

그러면서 "내가 혹시 그 생지옥 같은 지하실을 끝내 빠져나가지 못하고 그 자리에서 숨을 거두는 일이 생긴다면 나는 작가의 한 사람으로서, 저승에 가서라도 꼭 염라대왕을 찾아가 나라와 민족 앞에 저지른 박정희의 그 만만치 않은 죄상을 내가 본 만큼 내가 본 그대로 낱낱이 고발해야겠다는 생각"을 가진다고 작가는 토로한다.

〈분지〉처럼 재미있게 읽히는 이 산문집을 통하여 남정현 문학에 대한 연구가 더 심오하게 진척되기를 기대한다.

저자와
협의하여
인지 생략

# 엄마, 아 우리 엄마

지은이 | 남정현
펴낸이 | 一庚 장소님
펴낸곳 | 답게

초판 발행 | 2018년 6월 15일
초판 인쇄 | 2018년 6월 20일

등 록 | 1990년 2월 28일, 제 21-140호
주 소 | 04994 서울시 광진구 면목로 29(2층)
전 화 | (편집) 02) 469-0464, 02) 462-0464
　　　 (영업) 02) 463-0464, 02) 498-0464
팩 스 | 02) 498-0463

홈페이지 | www.dapgae.co.kr
e-mail | dapgae@gmail.com, dapgae@korea.com

ISBN 978-89-7574-297-2

**나답게 · 우리답게 · 책답게**